Joseph Seeber

Der ewige Jude

Episches Gedicht. Zweite Auflage

Joseph Seeber

Der ewige Jude
Episches Gedicht. Zweite Auflage

ISBN/EAN: 9783743349261

Hergestellt in Europa, USA, Kanada, Australien, Japan

Cover: Foto ©Andreas Hilbeck / pixelio.de

Weitere Bücher finden Sie auf **www.hansebooks.com**

Der ewige Jude.

Episches Gedicht

von

Joseph Seeber.

Zweite Auflage.

Freiburg im Breisgau. 1894.
Herder'sche Verlagshandlung.
Zweigniederlassungen in Straßburg, München und St. Louis, Mo.
Wien I, Wollzeile 33: B. Herder, Verlag.

Buchdruckerei der Herder'schen Verlagshandlung in Freiburg.

Inhaltsangabe.

Vidi impium superexaltatum et elevatum
sicut cedros Libani:
et transivi, et ecce non erat: et quaesivi
eum, et non est inventus locus eius.

Psalm. 36, 35 sq.

I. Die Weltstadt.

Der Tag versinkt, und eine Nacht, so schwarz
Und sterneleer wie des Verbrechers Herz,
Entfaltet lautlos ihre Riesenschwingen. —
Mit derbem Fluche spornt das müde Pferd
Ein später Reiter, doch umsonst; das Thier
Vermag nur Schritt für Schritt den steilen Weg
Den ungeduld'gen Herrn hinanzutragen.
Nun ebnet sich der Pfad, doch unwillkürlich,
Als ob ein jäher Blitz sein Auge blende,
Den Fuß ihm hemme, bleibt der Renner stehen.
Und sieh, sein Reiter scheint es kaum zu merken,
Ein freudig Ah! entringt sich seinen Lippen,
Und gern vertieft sein Blick sich in das Wunder
Der Millionenstadt, die, hell erleuchtet
Vom feenhaften Glanz der tausend Sonnen,
Zu seinen Füßen liegt.
                        Ein Märchen scheint
Das Marmormeer der Hallen und Paläste,
Worauf die Silberkuppeln leise schweben
Und Mast an Mast die schlanken Säulen ragen;
Doch mehr dem Ufer nahe liegt vor Anker
Die große Dampferflotte der Fabriken.
Noch rauchen ihre Schlote; gleich dem fernen
Gebraus der Wogen dringt hinauf zum Reiter,

Verworren halb, das Surren der Maschinen,
Der Arbeit eherne Stimme. Mit dem Duft,
Den weite, wohlgepflegte Gärten hauchen,
Vermischt sich der Geruch von Schweiß und Kohle.

Mit Wollust schlürft der alte finstre Reiter
Der Weltstadt heißen Athem; stolzer hebt
Er sich im Sattel, und die Lippe flüstert:
„Jerusalem, du Schöpfung meines Geistes,
Wie bist du schön vor allen, Tochter Sions!
Der Erde Fürsten nahen dir mit Gaben
Und legen ihre Kronen dir zu Füßen;
In deinem Schoße ruht der Ueberfluß,
In deiner Hand das Scepter. — O mein Volk,
Du trankst den Kelch der Qual bis auf die Neige,
Den Schmerzensbecher der Jahrtausende!
Wie lag des Höchsten Hand so schwer auf dir!
Vom Heimatsherd verwiesen, irrtest du,
Ein Fremdling unter Fremden, durch die Welt;
Doch wenn die Wuth, der Wahnwitz deine Söhne
Zur Folter führte, wenn der Pöbel sie
Von Stadt zu Stadt, von Land zu Land vertrieb,
Du hast den Stachel ihnen doch gezeigt!
Sie konnten dich bedrücken, nicht vernichten;
Denn, wie mich Alten, hielt der Haß dich aufrecht,
Die still genährte Hoffnung auf Vergeltung.
Wohl schien's mir oft ein Fluch — des Mannes Fluch,
Den wir ans Kreuzesholz der Schmach geschlagen
Und den als Gott die Christenhunde preisen —,

Daß wir, du selbst und ich, nicht sterben konnten,
Wenn auch die Qual zur Riesenbürde ward.
Doch preis' ich der Jahrtausend' Mühe nun,
Denn endlich schaut mein Aug' den Tag der Rache,
An dem mit überreichem Maß wir messen
Und voll vergelten, was man uns gethan.
O, jeden Striemen sollt ihr sechsfach zahlen:
Ich will euch an das Holz der Schande schlagen
Und tausendfachen Tod mit Lust ersinnen,
Daß ihr den tollen Nero samt den andern
Gekrönten Henkern noch als milde rühmt;
Denn Ahasver hat nicht umsonst gelebt
Und seines Volkes Qual am wilden Schlag
Des eignen wunden Herzens abgemessen! —
Wie hab' ich mühsam durch Jahrhunderte
Nur Stein an Stein zu meinem Werk gefügt!
Doch — stürzt' es tausendmal in sich zusammen —
Nun steht es fest, ein wunderbares Ganze,
Für ewig da: Mein Volk hat seine Heimat
Und seinen König wieder, den Messias,
Der auf der Feinde Haupt den Fuß gesetzt. —
Ha, sieh! nun flammt sein Zeichen lodernd auf
Am Kuppelknauf der Burg: der Stern des Königs,
Vor dessen Glanze wie das matte Talglicht
Die Sonnen Voltas alle rings verbleichen. —
Du darfst, Sotér, mit mir zufrieden sein,
Und lügt die Hoffnung mir im Herzen nicht,
So wirst du meinem Volk mit milder Hand,
Was ihm zu wünschen blieb, hinfort gewähren!"

Der Reiter spricht's und gibt dem Pferd die Sporen,
Das ihn mit neuer Kraft den Pfad hinab
Zur Riesenstadt, dem Ziel entgegen trägt.

In ihren Straßen pulst noch frisches Leben,
Und lauter hallt der wüste Lärm der Zecher,
Die sich im Qualm der Schenken gütlich thun;
Das Elend und das Laster wagen sich
Nun ungeschminkt aus ihren Kellerhöhlen;
Mit frechem Fuß betritt als ein Vertrauter
Die Schwelle der Paläste das Verbrechen,
Indes der Müßiggang bequemen Schritts
Dem Schlemmer folgt in abgelegne Gassen.
Es tönt dem Reiter, der dem Menschenstrom
Sich angeschlossen, ein Gewirr von Sprachen,
Des Weltorchesters scharfe Dissonanz,
Betäubend an das Ohr; er schaut ins ernste,
Vom Wüstenbrand versengte Mohrenantlitz
Und in die falschen Augen des Mongolen;
An ihm vorüber gleitet aalgewandt,
Der am Vesuv die dunkle Traube preßte,
Und mit dem Drusen wandert der Arnaute;
Dem blonden Hünen, den er überholt,
Hat Heklas Gluth ins Kindesaug' geleuchtet;
Und jenem dort, dem Wetterharten, sang
Ein stürmisch Wiegenlied der Niagara:
Es ist ein Markt, auf dem sich Nord und Süden,
Die alte wie die neue Welt begegnen.
Doch was sie all' vereint, was sie verbrüdert,

+++

Das ist die blutigrothe Sterncocarde,
Die jeder trägt: das Zeichen des Messias.

Verächtlich sieht, feindselig fast, der Reiter
Auf das Getriebe rings, und ängstlich weicht
Zur Seite mancher, der sein felsenhartes,
Verwittertes Gesicht vor sich erblickt
Und ihm ins Auge schaut, aus dem ein Strahl
Versengend sprüht.
    Da stockt die Menschenfluth,
Ein neuer Zufluß mündet in den Strom:
Bestaubt und abgehetzt, umringt von Wächtern,
Die Hände festgebunden, schleppt ein Zug
Von Christensklaven mühsam sich einher,
Und immer wieder sauset, Schlag auf Schlag,
Die Geißel unbarmherzig auf sie nieder.
Von ihrem Blute röthet sich der Weg,
Doch keine Klage tönt von ihren Lippen.
Dort wankt ein Weib und preßt im Niederfallen
Den Säugling fester noch an seine Brust,
Da stürzt ein Treiber grimmig schon herbei,
Ergreift das Kind und schleudert's an die Mauer,
Daß rings das Blut verspritzt. Die Mutter schreit
In Angst und Qualen auf — ein derber Fluch,
Ein Peitschenhieb des Wächters treibt sie vorwärts.

Mit Wohlgefallen schaut der finstre Reiter
Die Schreckensscene, seinen Mund umspielt
Ein höhnisch Lächeln. Aber achtlos wälzt

Der Menschenstrom sich hin: das Schaustück ist
Den Müßiggängern ein gewohnter Anblick.

Da plötzlich reißt mit rauher Kraft ein Greis
Die Geißel aus des Wächters Faust an sich;
Die Peitsche saust, und auf der Stirn des Schergen
Bezeichnet sie den Weg mit blut'ger Furche.
Der taumelt hin und brüllt vor Schmerz und Wuth;
Es stockt der Zug; die Sklavenhüter drängen,
Den Freund zu rächen, auf den Alten ein.
Doch voll erhabner Würde steht der Greis,
Sein Antlitz leuchtet wie vom Glanz der Sonne,
Ein überirdisch Feuer sprüht sein Blick
Und hält der Feinde Gier in starker Fessel.
Er hebt die Hand und ruft mit Donnerstimme:
„Verruchte Mörder, Gottes Zorn auf euch!
Zum Himmel schreit der Frevel, raucht das Blut
Der Heiligen: er wird sein Feuer senden
Und euch im Grimm verzehren mit dem Satan
Und seinem Diener, dem ihr alle frohnt!"

Der Alte ruft's; noch steht die Menge lautlos
In seines Willens Bann, noch hallt gar mächtig
Sein Donnerwort in vielen Herzen nach,
Er aber ist den Blicken schon entschwunden.
Doch wie sein Echo schallt ein neuer Ruf
Und Kampfgeschrei: von vorne stürmt, von seitwärts
Mit wildem Ungestüm ein starker Trupp
Von Eisenmännern vor; vom dunkeln Mantel

Hebt leuchtend sich das Kreuzeszeichen ab.
Dem Panther gleich, geschmeidig, sprunggewandt,
So drängen sie sich an den Sklavenzug
Und zwischen diesen und die Wächter ein;
Und immer neue Feinde brechen vor,
Wie von des Kadmus Saat die Harnischmänner,
Und werfen sich der Wächterschar entgegen.
Es blitzt das blanke Schwert in ihrer Rechten,
Bedrohlich hebt die Linke den Revolver:
Ein Blitz, ein Krach, im Staube wälzen sich
Im blut'gen Knäuel fluchend die Soldaten. —
Wie Spreu im Wind zerstiebt der Schwarm der Gaffer. —
Vergebens dringt mit Ungestüm das Häuflein
Der unversehrt Gebliebnen auf den Feind,
Vergebens stürzt sich Ahasver auf ihn
In wilder Hast und brüllt: „Sotér mit uns!“
Gleich einer Mauer stehn die schwarzen Krieger,
Und schwere Wunden schlagen ihre Schwerter,
Indes ihr Ruf erschallt: „Im Kreuze Heil!“

Noch decken sie die Flucht der Sklavenschar,
Die, nun der Fesseln ledig und der Quäler,
Frohlockend einbiegt in die dunkle Gasse
Und wie vom Wind verweht darin verschwindet.
Dann gellt ein Pfiff, und rasch, wie sie gekommen,
So tauchen in die Nacht die Kreuzesritter.

Die Wuth verzerrt das Antlitz Ahasvers,
Auf seiner Stirn erscheint ein blutig Mal,

Das Auge quillt aus sorgentiefer Höhle
Gespenstig vor, es hebt und senkt sich rascher
In stärkerm Wogenschlag die breite Brust.
Doch, ob er schreit und tobt, der Rest der Wächter
Zieht trotzig heim, und von den Müßiggängern,
Die kecke Neugier wieder näher lockt,
Regt keiner zur Verfolgung Fuß und Hand.

Ingrimmig wendet Ahasver sein Roß,
Da tritt aus einem Kaufgewölb' ein Jüngling
Und naht mit scheuem Gruße sich dem Reiter.
„Mein Auge täuschte nicht, du bist es, Herr,
Des großen Königs sieggewalt'ger Feldherr,
Der alle Welt mit seinem Ruhm erfüllt.
Europa liegt bezwungen dir zu Füßen,
Und von den Münstern jener Christenhunde,
Von allen Thürmen ihrer Städte strahlt
Der Stern Soters, des Königs, in die Ferne.
Wir sollten im Triumphe dich geleiten ...“

„Den Rest der Hymne magst du sparen, Freund;
Ich liebe nicht das eitle Schaugepränge!
Es ist wohl Kaleb, der mich hier begrüßt?“

„Ja, Herr, der Waffenhändler! Hier dein Schwert,
Das sieggewohnte, stammt aus meinem Lager.“

„Nun kenn' ich dich! Doch seltsam dünkt es mich,
Ein altvertrautes Antlitz hier zu finden;
Denn wie von Sinnen schien ich mir gekommen.
Was hat mir diese Stunde schon gezeigt!“

„Dich ärgert wohl die Flucht der Christensklaven?
Wir andern rühren uns nicht viel darum;
Ben Isaak freilich muß den Schaden tragen,
Sie standen hoch im Preis, denn China braucht,
Das seine Kohlenschätze nun erschließt,
Noch viele Tausend Sklaven für die Gruben."

„Was kümmert mich der alte Wucherer,
Der gleich dem Drachen auf den Schätzen sitzt?
Die Sklaven kann er sich in Kürze holen,
Wenn meine Sendung anlangt aus Europa:
Zwar ist's ein träges Volk, mit zarten Händen,
Die sich nicht leicht zur Häuerarbeit schicken;
Doch wird die Peitsche sie daran gewöhnen. —
Wer aber war der Alte, der den Wächter,
Den Mann mit strupp'gem Haar und rothem Bart,
Zu Boden schlug und wie die Viper frech
Das Haupt erhob, das Gift ins Blut zu träufeln?
Wer sind die Schurken, die hier ungestraft
Das Christenkreuz, das wir in Staub getreten,
Zur Meuchelthat als Kampfeszeichen tragen?"

Da tritt der Händler näher noch heran
Und flüstert: „Herr, es ist ein seltsam Ding,
Und streng verboten ist's, davon zu reden;
Doch läßt, was alle wissen, sich nicht bergen.
Der Alte, der den Wächter schlug, er nennt
Elias sich, den gottgesandten Seher,
Und ist der Führer jener Kreuzesritter.

Es fürchtet ihn das Volk und seine Zeichen,
Und Teufelswerk und Zauberei verwirrten
Gar manchen unsrer Brüder, daß er zweifelnd
Sich vom Messias wandte zum Verführer.
Vor kurzem war's, ich ging zum hohen Markte,
Wo sich das Volk in buntem Durcheinander,
Ein wogend Meer, am Schaugerüste staute,
Da traten keck zwei Greise vor uns hin.
Fanatisch glomm ihr Blick; es rief der eine,
Den du gesehn, mit seiner Donnerstimme,
Sie seien die Propheten, die nicht starben,
Elias er und Henoch sein Gefährte;
Sie kämen als des Christengottes Zeugen,
Auf Tod und Leben kämpf' er gegen Baal,
Den neuen Götzen, der sich frech Sotér,
Messias nenne, doch nichts andres sei
Als Gottes schlimmster Feind, der Antichristus;
Zum Zeugniß möge, daß er wahr gesprochen,
Ein Feuerstrahl vom Himmel niederfahren.
So rief er, und die Menge stand erstarrt;
Da zuckte durch des Teufels Kunst und Blendwerk
Ein Blitz vom blauen Himmel donnernd nieder
Und traf die Säule mit dem Bild Sotérs,
Die mitten auf dem Markte sich erhob:
Das Bild zersplitterte, die Säule barst.
Wir standen starr und stumm, als hätt' der Strahl
Uns selbst berührt; es fraß der Zweifel sich
Wie Rost ins Herz, und mancher ward verblendet,
Am König irr' und irr' am Väterglauben.

Wir andern freilich, die mit klarem Blick
Den Trug durchschauten, höhnten die Propheten,
Doch wagte keiner sich an sie heran —
Er war's, der heute den Kosaken schlng
— So nennt man Kossof —, und der Wächter wird
Des Peitschenhiebes nicht so bald vergessen:
Der blut'ge Striemen mahnt ihn an die Feinde.
Und sieh, kein Tag verstreicht, an dem sie sich,
Die frechen Räuber, ihre Beute nicht
Bald hier, bald dort aus unsrer Mitte holen.
Vergebens machte man schon Jagd auf sie,
Des Königs Schergen folgten unerschrocken
Durchs Felsenthor von Hinnom ihrem Feinde,
Da — war er wie durch Zaubermacht verschwunden.
Drum heißt's, er steh' im Bunde mit dem Teufel,
Der wider den Messias sich erhebt . . ."

„Gar seltsam klingt mir, Kaleb, deine Märe,
Und räthselhaft erscheint mir alles hier,
Am meisten doch, daß Teitan, unsers Königs
Prophet und Kanzler, der sich gerne rühmt,
Des Alls geheimste Wurzel bloßzulegen,
Daß dieser Held sich nicht den Lorbeer pflückt,
Der hier am Wege wächst, und diese Schurken
Aus ihrem Neste holt; — doch ja, man weiß,
Er ist ein Held im Kampfe nur mit Weibern,
Als Christenbischof schon, nun auch als Kanzler —
Ach, daß Sotér sich ihn zum Freund erwählte! —
Er lebt vom Schein und von der Leute Dummheit . . ."

„Ich bitt' dich, schweige!" raunt ihm Kaleb zu,
„Die Mauern horchen, und die Steine lauschen;
Es trägt die Luft dein Wort auf schnellen Wogen
Entstellt, mißdeutet an das Ohr des Kanzlers...
Zwar du, du brauchst nicht seinen Zorn zu fürchten...
Man merkt auf uns... es birgt sich in der Menge
Manch ein Spion, und tausend hält der Kanzler!
Sie stehn im Königssaal und harren lauernd
In der Taberne Schmutz des späten Gastes,
Bis ihm der Wein das Band der Zunge löst;
Es wird der Freund am Freunde zum Verräther..."

„Ich merke," lächelt höhnisch Ahasver,
„Daß ich daheim ein Fremder worden bin.
Ein Stümper bleibt der Mensch, nie lernt er aus,
Auch wenn er nicht in Trägheit grau geworden!
Mich dünkt, ich muß noch weiter deine Schule,
Mein Kaleb, nützen, eh' ich festen Schrittes
Auf diesem glatten Boden mich bewege.
Doch fort von hier! Ein Plätzchen wird sich finden,
Wohin des Spähers Ohr und Blick nicht folgt;
Führ mich dahin, ich habe viel zu fragen."

Die Wangen Kalebs färbt ein flüchtig Roth,
Er sinnt ein Weilchen, und dann spricht er rasch:
„Das ist der Ortl... ich war des Wegs zu Laban,
Zum alten Vater, Herr! Du kennst ihn wohl,
Den frommen Meister, dessen Weisheit sich
So gern vertieft in unsre heil'gen Bücher;
Die Diener sind verläßlich, und der Vater,

Der edle Rabbi, wird dir gern vertrauen,
Was klarer Geist und offner Blick ihn lehrten."

„Der alte Laban war mir Freund und Bruder,"
Erwidert Ahasver, „wir lasen oft
In langer Nacht die Schriften unsrer Weisen;
Da darf ich auch in später Stunde klopfen.
Ich sehne mich, den Rabbi zu begrüßen
Und S a r a , seine Tochter ..." — schelmisch lächelt
Er den Gefährten an, der heiß erröthet —
„Mich dünkt, der Alte sprach mir einst davon,
Er wisse jemand, der sein Kind begehre."

„Ja, Herr! und Laban hat sie mir verlobt,
Doch weiß ich nicht ..."

       „Die Kleine zeigt sich spröde?
Nun ja, sie war von früher Jugend an
Ein stolzes Ding, und ihre Schönheit lockte
Gar manchen an."

       Da bricht ein heißer Strahl
Aus Kalebs Aug'. „Ich bin kein Krieger, Herr,
Und führ' den Degen nur, den ich verkaufe ...
Doch wenn ein andrer mir das Mädchen raubt,
Dann hat die Welt nicht Raum für ihn und mich!"

Der Alte lacht: „Das nenn' ich Mannessinn!
Wenn Sara klug ist, theilt sie mein Gefallen ...
Nun geh voran, mein Freund — dem Glück entgegen!"

II. Sara.

Auf weichem Polster ruht der alte Rabbi,
In welker Hand ein welkes Pergament.
Unstätes Feuer brennt in seinen Augen,
Und schärfer tritt ein herber Zug hervor
Im furchenreichen Angesicht des Alten.
Da ruft er laut: „Gepriesen sei der Herr,
Der mich den Tag der Rache schauen läßt!
An uns erfüllt sich des Propheten Wort:
‚Erhebe jubelnd dich, Jerusalem,
Es glänzt dein Licht, die Leuchte Gottes flammt
Hoch über dir, doch dunkle Schatten decken
Die Welt ringsum und Finsterniß die Völker.‘
O laß sie tiefer noch in schwarze Nacht
Und Noth versinken, deines Volkes Feinde!" —
Zum Beten hob der Rabbi seine Hände —
„Gieß über sie die Schale deines Grimms;
Des heißen Zornes Gluth verzehre sie!
Nicht sollen sie die Luft des Lebens trinken;
Zertritt sie, Herr, wie man den Wurm zertritt!"

Des Alten Auge glüht wie das des Tigers,
Der tief sich duckt zum Sprung auf seine Beute,
Dann flüstert er: „Zertritt auch ihn, o Herr,
Den Christenhund, der uns, ein zweiter Haman,

Den reinen Glanz der Königsgnade raubt!"
In sich gekauert starrt er in das Leere,
Doch eine weiche Hand berührt ihn leise.
"Was klagst du, Vater? Ist euch Männern nicht
Die heiß ersehnte goldne Zeit gekommen,
Von der die Dichter sangen und Propheten?
Euch winkt der Ruhm, tief senkt der Lorbeerbaum,
Für Kindeshand erreichbar, seine Zweige;
Das Gold der Welt, der Ueberfluß der Völker
Erfreut das Herz, ihr steht in vollem Lichte
Wie nie zuvor . . ."
                          "Warum ich klage, Kind?
Was nützt uns aller S ch e i n von Macht und Glück,
Solang sich zwischen uns und den Messias
Der f r e m d l i n g drängt?"
                          Das Mädchen zuckt zusammen,
Die lichten Wangen tauchen sich in Gluth.
"Du meinst den Kanzler? Ist des Königs Freund
Nicht auch der deine?"
                          "Ha, der Christenhund
Mein Freund! Nicht übel, Kind!"
                          "Ihn schätzt Soter . . ."
    "Hier aber steht" — er schlug aufs Pergament:
"'Kein Fremdling darf am Tisch des Königs sitzen,
Der Akum sei der Schemel seiner Füße!'
Das überliefert uns der Väter Weisheit,
Drum weg mit ihm, hinweg!"
                          "Er ward ein Jude" —
Des Mädchens Augen lodern zornig auf —

„Und hat für den Messias mehr gethan
Als viel' der Unsern, hat mit Flammenwort
Die kalte Welt zur hellen Gluth entfacht,
Den Weg geebnet für den Herrn der Welt!"
     „Ha, ha! So lautet wohl das hohe Lied,
Das feiler Sklaven Mund dem Kanzler singt;
Was er gethan? Du kennst ihn schlecht, mein Kind!
Was war der Mann? Ein heuchlerischer Schuft
Von Jugend auf! Er glaubte nur an sich,
Nicht an den Götzen, dem er dienen sollte.
Ihm war der Freund, der Bruder nur die Staffel
Nach aufwärts zu Genuß und Glanz und Ruhm;
Die Leidenschaft der Weiber wie die Dummheit
Des großen Haufens zog er klug in Rechnung;
Die Tugend galt ihm und der Edelsinn
Als Karte nur, die bald Gewinn versprach:
So stieg er rasch zum Christenbischof auf
Und schor die Schafe, die man ihm vertraute;
In Sardes weiß man noch ein Lied zu singen,
Wie treu der Hirt für seine Herde sorgte!
Dann ward er zum Apostel des Messias,
Nicht weil er glaubt wie wir an seine Sendung,
Nein, weil Sotér ihm als bequeme Stufe
Zu neuer Würde, neuem Glanze dient
Und er vergnügter noch als ehedem
Den Lüsten leben kann und dem Genusse . . ."

     „Das ist erlogen, Vater!" schreit das Mädchen
Und drückt die Hände fester auf die Brust,

„Es wagt sich die Verleumdung an die Besten;
Die Hand beschmutzt, die gern im Schlamme wühlt,
Wohl auch den Diamant, den sie berührt."

Der Alte starrt verwundert auf sein Kind.
„Ich merke, daß des Schurken glattes Wort,
Mit dem er Frauen stets so leicht obsiegt,
Auch meiner Sara stolzes Herz umstrickt.
Drum ist es Zeit, daß Kalebs treue Hand
Mein töricht Kind auf rechte Pfade lenkt;
Es trifft sich gut, daß er noch heute kommt,
Er mag den Tag zum frohen Fest bestimmen."

Da wurden weiß wie Schnee die Purpurrosen,
Die leuchtend auf den Wangen ihr erblüht;
Die Hände lösten sich und sanken kraftlos,
Der ganze Körper schien zu Stein erstarrt;
Dann ging ein heftig Beben durch die Glieder,
Und trotzig rang es sich von ihren Lippen:
„Ich will des Krämers Weib nicht werden, Vater!"

„Des Krämers Weib!" Der Alte rief's erstaunt.

„Nein, Vater, höre mich!" — gewaltsam brach
Die lang gestaute Fluth die morschen Dämme —
„Du lebst nur den vergilbten Pergamenten;
Was deine Weisen schrieben, gilt dir mehr
Als deiner Tochter Glück; du hältst mein Leben
Im finstern Haus verwahrt wie deine Rollen.
Seitdem die Mutter starb, die gute Mutter,
Fiel, ach! kein Lichtstrahl mehr voll Sonnenscheins

Ins junge Herz, das sich mit allen Fibern
Nach Luft und Licht, nach Glanz und Freude sehnt.
Nur wenn du mir der Psalmen dunkeln Sinn
Und der Propheten Räthselwort gedeutet,
Da schloß mein Herz sich auf den weisen Reden
Und wurde satt von Lust und Glück und Frieden.
O sieh, die Töchter Sions, die Gespielen,
Sie sonnen sich in ihres Königs Gunst,
Und Fürstensöhne stehn in ihrem Banne;
Doch ich, die Tochter Labans, deine Tochter,
Soll lebenslang vom kargen Lichte zehren,
Das durch die Spalte fällt in Kalebs Haus?"

„Du schmähst, was du nicht kennst, und träumst von Glück,
Das Scheingold ist. Der reiche Waffenhändler
Wird seinem Weib, an das sein Herz sich hängt,
Auch Thorenwünsche leicht und gern erfüllen:
Er schmückt mein Kind mit Gold und Edelsteinen . . ."

„Und bleibt ein Krämer doch, der mit dem Gold
Das Opfer ziert, das er gefangen hält!"

„Er soll dir wohl die Sonne mit den Sternen
Vom Himmel holen und zu Füßen legen?
Er soll als kühner Ritter um dich werben,
Wie man's in halbverrückten Büchern liest?
Er soll zu Felde ziehen, Ruhm erwerben?
Nein, Kaleb ist aus weicherm Stoff geformt
Als unser Ahasver, der große Sieger!
Doch ist's ein Ehrenmann und wackrer Jude,

Nicht von dem frechen Schlag der jungen Leute,
Die sich mit ihrer Afterweisheit brüsten
Und Väterwort und Satzung wenig achten.
Doch nun genug; ich hab' dich ihm verlobt!"

„Und hast du mich gefragt? Ich war ein Kind,
Ein willenloses Ding ..."
                                    Der Alte springt
Erregt vom Sitz: „Du wirst auch jetzt gehorchen!"

Das Mädchen wirft sich flehend vor ihm nieder:
„Ich kann nicht, Vater!"
                                    Zornig steht der Alte,
Da pocht es an die Thür, ein Diener meldet
Die späten Gäste: Kaleb und den Fremden.
Der Rabbi nickt. „Nun sag's ihm selbst, du — Dirne!"

Das Mädchen zuckt zusammen, wie vom Hieb
Der Peitsche schwer getroffen; mühsam rafft
Sie sich empor, ein düstres Feuer glüht
In ihren Augen, schweigend starrt sie lang
Den Vater an, sie winkt ein Lebewohl
Und geht. —

                    Stumm steht der Alte, schreckgelähmt,
Noch kann er seinem Zorn nicht Worte leihen;
Ihm schnürt die Angst die Kehle fest zusammen,
Die Angst vor etwas, das er noch nicht kennt,
Das drohend doch sein graues Haupt umschwebt
Und aus dem Haus des Friedens Schwalben scheucht.

❧❧❧

III. Der späte Gast.

Es öffnet sich die Thür. Mechanisch klingt
    Des Alten Gruß: „Gesegnet, wer da kommt!"
Verlegen reicht er Kaleb seine Hand,
Dann blickt er prüfend zu dem Fremden auf,
Der noch erwartend auf der Schwelle steht.
Schon hat er ihn erkannt, sein Auge leuchtet,
Und freudig drückt er ihn an seine Brust:
„Sei mir gegrüßt, mein theurer, großer Freund!"

„Ich wußte, daß ich auch zu später Stunde
Dem Freund willkommen bin. — Doch fehlt uns Sara;
Wir glaubten ihre Stimme noch zu hören.
Nun hat sie mich und meinen jungen Freund
Um ihren Anblick und den Gruß gebracht."

Des Rabbi Stirn umdunkeln schwere Wolken,
Dann bricht er zornig los: „Ein böser Geist
Umgarnt mein Kind und raubt ihm die Besinnung.
Sie schwärmt von Glanz..."

                    „Und will von mir nichts wissen!
Ich merkt' es lang!" — fällt Kaleb ihm ins Wort —
„Es schleicht so mancher sich um dieses Haus,
Den nicht des Rabbi hohe Weisheit lockt!"

„Euch schreckt ein Mädchentraum," ruft Ahasver,
„Des Weibes Herz hat seine Wetterlaunen:
Bald segelt seine Sehnsucht mit der Wolke,
Dem goldnen Kahne, der die Sonne trägt,
Dahin, dahin in unbestimmte Weiten;
Dann schläft der Windhauch ein, nun weilt sie gern
Auch in der Welt des Mannes, den sie liebt."

„Und daß dies bald geschehe, laßt mich sorgen!
Du hast, mein Junge, lang genug gezögert:
Drum rasch voran! In wenig Tagen soll
Als Frau dir Sara folgen in dein Haus!"

„Es ist bereit, die Herrin zu begrüßen;
Doch wenn sie selbst sich weigert . . ."

                                        „Ha, sie muß!
Das Weib hat keinen Willen! Denn so spricht
Ein weiser Lehrer: ,In der Eltern Haus
Ist für das Kind Gesetz des Vaters Wort,
Im Heim des Mannes gilt des Mannes Wille.'"

„Im Haus des Meisters war, von dem du sprichst,
Wohl keine Gattin!" lächelt Ahasver.
„Was nützt die Frau dem Mann, die statt der Liebe
Den Haß als Mitgift bringt? Du kennst, mein Alter,
Das Leben nur aus deinen Pergamenten,
Freund Kaleb steckt voll Eifersucht und Argwohn:
Die Sonne bleibt am Himmel leuchtend stehen,
Wenn auch die Wolkenschleier sie verdecken!

Und Sara scheint ein Kind, das sich die Räthsel
Der Mädchenbrust noch nicht zu deuten weiß.
Laßt ihr nur Zeit, sich wieder selbst zu finden;
Des Vaters mildem Wort, dem Rath des Freundes
Wird sie das Ohr, die Seele nicht verschließen."

Die beiden nickten stumm. Dann riß sich Laban
Gewaltsam aus dem Sinnen auf und rief:
"Vergebt! Ich hab' des Wirtes erste Pflicht
In meiner Sorgen Uebermaß vergessen;
An einem Labetrunke soll's nicht fehlen!" —
Der Silberglocke Klingen rief den Diener —
"Du, Lieber, bleibst mein Gast, und Kaleb wird
Ein Stündchen uns — auch ohne Sara — schenken!"

Doch dieser winkt ihm ab. "Verzeiht für jetzt!
Ich wär' bei dem, was ihr zu sprechen habt,
Doch nur mit halbem Ohr und Sinn zugegen.
Für Sara lass' ich dies zum Gruße hier —
Die goldne Kette mag sie trefflich schmücken —,
Und sagt ihr dann, es könn' wohl viele geben,
Die höher stehn als ich, doch keinen Mann,
Der's treuer meint mit ihr! — Lebt wohl!"
                                        Er ging.
Der Rabbi wog in seiner Hand die Kette,
Dann lacht' er grimmig auf: "Der gute Junge!
Doch jene denkt: ,Er schmückt mit Gold das Opfer!'"

Der Diener kam und brachte Brod und Wein.

„Dem Frieden dieses Hauses gilt mein Wunsch,"
Rief Ahasver, „dem Glück der schönen Sara!"
Die Gläser klangen. Doch der Rabbi schaute
So finster wie zuvor. „Verzeih dem Vater,
Der um sein Kind sich grämt, daß nicht dem alten,
Dem lang ersehnten Freund und seinem Schicksal
Die nächste Frage gilt; es kreist mein Denken,
Der Schwerkraft folgend, um das eine Centrum..."

„Auch mich verlangt's," erwidert Ahasver,
„Von dir, mein Freund, und unserm Volk zu hören;
Nur so vermag ich meiner Siege Frucht
Trotz Teitans Hinterlist für uns zu wahren."

„Du nennst den Namen, der wie Gift und Schlange
Mir hassenswerth erscheint... nun fürcht' ich ihn...
Vor Kaleb schwieg ich noch, du magst es wissen:
Nach allem, was ich länger schon an Sara
Und was ich heut' an ihr beachten konnte,
Hat dieser Schurke seine Hand im Spiel;
Sie schwärmt von ihm und spricht von Trug und Lüge,
Wenn man den Frevler ohne Maske zeigt.
Mit welcher List er meine Tochter kirrte,
Wer kennt die Zaubermittel, die dem Wüstling
Die Hölle selbst im Herenkessel braut? —
Doch noch ist's Zeit, ich halt' die Augen offen,
Zur Dirne Teitans ist sie mir nicht feil;
Und müßt' ich sie mit eigner Hand erdolchen,
Ich bin bereit, eh' ich mein graues Haar
Mit solcher Schande mir besudeln lasse!"

„Du siehst zu schwarz," begütigt Ahasver,
„Und jener freche Schuft, der Weiberheld,
Er soll an andern Sorgen bald ersticken!"

„Ich wollte, daß du recht behieltest, Freund;
Doch fürcht' ich diesen Kanzler wie den Bösen,
Der aus des Abgrunds Tiefen sich erhebt
Und drachengleich die Guten lockt und mordet.
Ach, daß der große König wider Recht
Und Ueberlieferung den Mann erhob
Und ihm Gewalt verlieh wie keinem sonst!
Nun ist er trunken von dem Wein des Hochmuths,
Und weil der stolze Leu den Hund des Umgangs
Und seiner Freundschaft würdigt, wähnt der Arge,
Des Löwen Herrscherrecht und Macht zu haben."

„Seit wenig Stunden weil' ich in der Heimat,"
Erwidert düstern Sinnes Ahasver,
„Und jede neue weckt mir neuen Grimm."

„Ja, Freund, seitdem du nach Europa zogst,
Die Schlachten unsers Königs dort zu schlagen —
Zwei Jahre sind es wohl —, hat dieser Schurke
Auch deinen Antheil an des Königs Gunst
Durch List und Heuchelei sich eingeheimst;
Was du gesät, was wir mit allen Opfern
An Gold und Gut für den Messias pflanzten,
Das erntet er, uns bleiben nur die Stoppeln."

Des Gastes Stirn umwölkt ein schweres Wetter,
Die Blitze flammen, und wie Donnerrollen

Im Hochgebirg erdröhnt des Alten Wort:
„Und steigt er höher noch, so wird er fallen!
Wo steht sein Werk, wo sind die stolzen Thaten,
Auf welchen sich als festgefügten Stufen
Der wahre Held den Weg zur Höhe bahnt?
Er klomm empor, weil biegsam und geschmeidig
Sein Rückgrat ist, die Zunge höflingsglatt
Und wie die Wetterfahne hoch am Thurm
Nach jedem Wind sich seine Meinung dreht ..."

„Das ist sein Bild! Und nun er groß geworden,
Enthüllt sich des Tyrannen Wolfsnatur:
Er wedelt vor dem König nach wie vor,
Doch jeder andre fühlt die scharfen Zähne.
Ja, wär' es so wie am Beginn geblieben!
Die schönsten Stellen in des Königs jungem,
Vom Feinde rings und hart bedrängtem Reich
Und seine höchsten Ehren bot man uns;
Der greise Baruch saß im Rath des Herrschers,
Und seine Weisheit, die vom Schatze zehrte,
Den fromme Meister sorgsam aufgehäuft,
Sie war der Lichtstrahl für des Königs Weg;
Denn alles galt der Jude, galt sein Gut,
Das unsre Väter für den Tag Soters
Durch manch Jahrhundert mühevoll gesammelt.
Verachtet war der Fremdling und verfolgt
Der Christenhund, wir hatten Tag für Tag
In der Arena das willkommne Schauspiel
Des Kampfs der Akums mit den wilden Thieren.

So war's! Nun, da die Welt durch uns bezwungen,
Da man uns nicht wie früher nöthig hat,
Ist dieser Teitan rasch zum Haman worden,
Der uns des Königs reiche Gunst entzieht
Und, ach! des Hauses Kinder schlimmer drückt
Als selbst die Christen. — Wenn du morgen, Freund,
Zum Hof des Königs gehst, so treten Fremde
Vom Thor des Hauses bis zum Heiligthum
Des Herrschers dir entgegen; seine Wachen
Sind aus der Drusen wildem Stamm gebildet;
Die Kammerherrn, die Räthe, die Veziere
Sind Fremde meist und abgefallne Christen,
Wie Teitan selbst, und Juden nur zum Schein;
Von unserm Volk, vom Volke der Verheißung,
Sind Leute nur willkommen, die wir sonst
Als abgestandne, laue Brüder schalten.
An Baruchs Statt hat Sitz und Stimme nun
Im Königsrath ein aufgeblas'ner Junge,
Der Abiron, — und was ist sein Verdienst?
Er trieft wie Teitan mit dem Mund von Tiefsinn,
Verachtet Ueberlieferung und Brauch,
Hat alles selbst erdacht und selbst erprobt,
Der Naseweis! — So schart der Kanzler sich
Die Creaturen, die er braucht, zusammen.
Nun sinnt der Schurke neue, schwarze Thaten:
Nicht mehr die Christenweiber sind sein Opfer —
Die Gott verflucht, die keine Seele haben —,
Er buhlt mit unsern Kindern, — meiner Tochter!"

Beschwichtend bot ihm Ahasver die Hand:
„Ermanne dich! Noch ist ja nichts verloren;
Ich hoffe doch, beim König was zu gelten.
Und prüft er mein Verdienst auf goldner Wage,
So leg' ich meine Thaten in die Schale,
Doch in der andern stehn des Kanzlers Phrasen:
Er oder ich! — Er wird zu leicht befunden!
Sein Gaukelspiel, das er als Wunder preist,
Vermochte hier, am Sitze seiner Macht,
Das Christenpack nicht gänzlich auszurotten.
Bei meiner Ankunft war ich Augenzeuge,
Wie leicht ein Sklavenzug von einer Horde,
Die statt des Sterns sich mit dem Kreuze schmückt,
Erbeutet ward, — und niemand rührte sich!
Da zeige Teitan Geist und Kraft und Kunst!" —

„Schon wieder diese Hunde!" staunt der Rabbi,
„Die Frechheit wächst. — Hat Kaleb dir von Henoch
Und von Elias, wie die beiden Alten
Sich frevelnd nennen lassen, nicht erzählt?
Sie sind die Führer der verwegnen Schar,
Der jeder Streich geglückt, und ihre Seele.
Vergebens hat Soter auf ihren Kopf
Den höchsten Preis gesetzt; sie tauchen auf,
Und eh' du dich besinnst, sind sie verschwunden."

„Den einen sah ich selbst; er ist ein Mann,
Kein Moosrohr, wie so viele. Doch getrost!
Den Preis verdien' ich mir! Ich hab' doch wohl
Noch größre Proben meiner Kraft gezeigt."

„Du kennst die Greise nicht," begann der Rabbi
Und rückte flüsternd näher zu dem Gaste,
„Sie sind ein seltsam Paar, und niemand weiß,
Von welchem Stamm die wilden Sprossen kamen.
Vor längrer Zeit — du warst schon fortgezogen —
Erschienen beide plötzlich hier vereint,
Sie predigten von Buße, von Gericht
Und warben eifrig für den Nazarener;
Sie wirkten Wunder durch des Teufels Hilfe
Und riefen alle Plagen auf die Stadt,
Wie Moses that im Land der Pharaonen.
So ließen viele durch den Schein sich blenden
Und flohen, gottverlassen, in die Wüste;
Indes, den meisten galten sie für Narren,
Wie jede Zeit, am meisten die gewaltig,
Zur Sturmfluth aufgeregte, sie hervorbringt."

„Und Teitan hatte keinen Sinn für sie!?
Ha, ha, die tausend Späher des Propheten
Und Wundermannes hatten sonst zu thun!"

Der Rabbi schüttelte das graue Haupt:
„Am Willen wohl gebrach es diesmal nicht,
Es hat der Kanzler Kunst und Macht entfaltet,
Gewalt und List: doch alles war umsonst,
Sie stehn und ihre Schar im Schutz der Hölle."

„Und wenn der Oberste der Teufel selbst,
Und wenn der ganze Heerbann seiner Geister
Die beiden schirmt, es schlägt auch ihre Stunde!

So war es auch . . ." — er stockte, Wetterschein
Umzuckte sein zu Stein gewordnes Antlitz —
„So war es auch vor langen, langen Jahren,
Als jener Mann, der sich Messias nannte,
Den Gottessohn, — der arge Nazarener —
Mit Satans Hilfe Wunder that im Volke.
Da wurde mancher irr an dem Gesetz
Und folgte, der Bethörte, dem Verführer.
Drei Jahre lang versuchten unsre Priester
Vergebens, ihn zu greifen; wenn sie wähnten,
Ihn sicher schon in starker Hand zu haben,
Dann war er durch des Satans Kraft verschwunden.
Doch endlich kam die Stunde, s e i n e Stunde,
Da sah ich ihn gebunden vor dem Rathe,
Sein Zauber war gebrochen; als Verruchter,
Verhöhnt vom Volk, verlassen von der Hölle,
Bestieg er seinen Thron, den Thron der Schande.
Ich sah ihn wandern mit dem Kreuz zur Richtstatt,
Ich sah ihn todesmatt zusammenbrechen
An meines Hauses Schwelle; — wie das Aas
Im Wüstensande stieß ich ihn hinweg
Und trieb ihn mit den Henkern vorwärts, vorwärts,
Hinauf, hinauf! Ich zwang den fremden Wandrer,
Das Kreuz ihm nachzutragen, daß er nicht
Am Wege mir erliege, sondern lebend
Ans Kreuz, ans Holz der Schmach, geschlagen würde.
Dort hing er dann in heißer Todesqual,
Ich sprach ihm bittern Hohn — und sah ihn sterben!
So sollen auch die beiden Alten enden,

Am Kreuze, ja! — Schon schlug auch **ihre** Stunde.
Mir sagt's der Geist, ich fühl's am Schlag des Herzens,
Das stürmisch pocht und heiß begehrt wie damals.
Mein Plan ist fertig! Nicht umsonst erblick' ich
Beim Sklavenzuge heut' den rechten Mann;
Als Flüchtling soll sie Kossof mir entdecken.
Ihm stählt der Haß den Muth und schärft die Sinne:
So schlag' ich sie mit ihren eignen Waffen,
Dann wird der König mir den Preis bezahlen.
Und dieser Preis ist **Teitan!**"

                               Schaudernd blickt
Der Wirt in seines Gastes Angesicht,
Auf das der Haß mit seinem Feuergriffel
Blutrothe Zauberrunen eingebrannt.

   "Du bist ermattet, Alter?" fährt er fort,
"Nun gut, ich weiß genug; du brauchst nicht länger
Um deiner Tochter Schicksal dich zu härmen!"

Der Rabbi führt den Freund. Sie scheiden wortlos.
Und keiner schläft. — Erst da der Morgen graut,
Sinkt Laban matt und fieberkrank aufs Lager.
Er hört nicht mehr ein Fenster leise klirren,
Im Hof die Rosse laufbegierig stampfen;
Undeutlich nur, im Traume schwebt's ihm vor,
Ein finstrer Dämon raube seine Tochter ...
Er schreit vor Angst und taumelt von dem Lager,
Doch längst verhallte schon der Pferde Hufschlag;
Der Hof ist leer, im Winde klirrt ein Fenster.

                           ❖❖❖

IV. Der Bericht.

Stolz ragt, ein Wunderbau, die Burg Soters
Von Sions Höh'n zum blauen Himmel auf.
Von ferne grüßt den Wand'rer auf der Spitze
Des höchsten Thurms der goldne Stern des Königs,
Und staunend streift sein Blick die leichten Giebel,
Der Bogen kühnen Schwung, das reiche Sims;
Er folgt dem heitern Spiel der Linien,
Dem üpp'gen Lenzestrieb der Marmorsäulen
Und weilt gefesselt auf der Königsgarde
Der Heldenbilder, die den Eingang schirmt.
Was Künstlergeist erdacht und Meisterhand
In Stein und Erz geformt, seitdem der Mensch
Gestalt verlieh dem Traumbild der Begeist'rung,
Das huldigt hier vereint der Macht des Königs.
Apollons Zither klingt, es stellt die Sphinx
Ihr altes Räthsel, und die Locken wallen
In reicher Fülle von dem Haupt Kronions,
Der finster niederschaut auf das Gedränge
Der kleinen Menschenwelt zu seinen Füßen.

Und immer höher staut sich in den Hallen
Die Fluth des Volkes, immer lauter tönt
Das Wogenrauschen der lebend'gen Brandung.
Nun schmettert die Trompete, stolze Drusen
In reicher, goldgestickter Uniform

Durchbrechen rasch den wirren Menschenknäuel
Und bahnen eine Gasse zum Portale. —
Der Lärm verstummt, man hält den Athem an,
Neugierig reckt sich jeder, wie der Keim
Sich aus der Furche hebt zum Sonnenlicht,
Und tausend Augen brennen vor Erwartung.
Da schmettert, heller jubelnd, die Trompete,
Die Trommeln wirbeln, Truppen ziehen auf:
Vor dem Palaste hält ein stolzer Reiter.
Ihm braust der Ruf: „Dem Sieger Heil!" entgegen
Aus tausend Kehlen wie von einem Munde;
Mit kurzem Gruß antwortet Ahasver
Und schreitet achtlos durch die Reih'n der Drusen.
Allein sein Auge leuchtet triumphirend,
Da nun am Thor die Höflingsschar erscheint
Und tief vor ihm die stolzen Nacken beugt.

Nur einer naht vertraulich, Teitan selbst,
Und streckt die Hand zum Willkomm ihm entgegen:
„Der König sandte mich, dem großen Feldherrn
Den Glückwunsch an der Schwelle darzubringen;
Nicht minder drängte mich mein eigen Herz,
Den Freund mit Freundesworten zu begrüßen."

„Ich schätze nach Gebühr den Gruß des Kanzlers,"
Knirscht Ahasver, dann setzt er leise bei:
„Den Gruß der Schlange, die den Giftzahn regt."
Auf seiner Stirne brennt ein blutig Mal,
Er sieht die Hand nicht, die der andre bietet,
Und beider Blicke kreuzen sich wie Dolche.

„Das wirst du büßen, Jude!" zischt der Kanzler
Und schreitet trotzig Ahasver voran
Durch weite Hallen, über Marmortreppen
Zum hohen Königssaal. — Von fern verklingt
Der Ruf: „Dem Sieger Heil!" —
                                    Erwartend stehn
Des Reiches Würdenträger und die Fürsten
Der fremden Völker, die Sotér bezwungen.
Sie bücken tief sich alle vor dem Kanzler
Und tiefer noch vor Ahasver, der stolz
Und fast verächtlich nickt. — Ein Glockenschlag,
Dann öffnet sich die hohe Flügelthür:
Von Königen geleitet, naht Sotér,
Gehüllt in weiße, wallende Gewänder,
Ein dreifach Diadem auf seinem Haupt;
Es glänzt im Feuer reiner Diamanten
Der große goldne Stern an seiner Brust.
Bei seinem Anblick wirft die Höflingsschar
Anbetend sich zu Boden, dreimal beugen
Die Könige, die Fürsten sich vor ihm,
Indes er langsam, würdevoll die Stufen
Hinan zum goldgetriebnen Hochsitz steigt.

Doch stolz erhobnen Hauptes naht dem Thron
Sich Ahasver und nickt nur leicht zum Gruß:
„Erhabner Herr! Die Huldigung des ganzen
Von mir besiegten Erdtheils bring' ich dar;
Soweit die Menschheit ihren Fuß gesetzt,
Erkennt sie keinen König außer dir.

Vernichtet hat der Herr in seinem Grimm,
Die wider den Gesalbten sich erhoben;
Zertreten ward der alten Schlange Brut:
Es athmet frei kein Christenhund im Lande,
Am Boden liegt das Kreuz, kein Götzentempel
Verbirgt der Priester heuchlerische Schar;
In Ketten kommt er selbst, der Widersacher
Des Lichts, der Freiheit und der Wissenschaft,
Der letzte Papst, du wirst ihn selber richten."

„Bei mir, mein Feldherr, hier zu meiner Rechten,
Nicht an des Thrones Stufen sei dein Platz!"
Der König ruft's und nimmt den goldnen Stern
Von seiner Brust: „Dies Zeichen höchster Huld,
Es schmücke fortan deine Heldenbrust!" —

Kalt lächelt Ahasver, indes sein Blick
Den Kanzler streift: „Du lohnst, erhabner Herr,
Mit reicher Gunst bescheidenes Verdienst.
Du weißt, nach Ehren hab' ich nie gegeizt,
Den Lorbeer überlass' ich gern den andern,
Die künstlich ihn im Treibhaus züchten müssen;
Doch dieses hehre Zeichen deiner Huld,
Ich nehm' es für mein Volk, für meine Brüder:
Die haben voll des Königs Dank verdient!"

„Bescheidner Sinn verdoppelt das Verdienst;
Ich werde deiner gnädig noch gedenken,
Wenn wir den stolzen Bau des Tempels weihen,
Den Meisterhand auf Moria geschaffen. —
Nun aber sollst du frei dem König melden,

Wie dir so rasch das große Werk gelang;
Zur Wahrheit ward des Römers stolzes Wort,
Der prahlend schrieb: ‚Ich kam und sah und siegte.‘ —
Die Fürsten sind in Gnaden nun entlassen!"
Der König winkt, den Kanzler trifft sein Blick,
Und dieser nickt. Die Halle leert sich rasch.

„Wir sind allein! Du magst die Maske lüften,"
Beginnt Sotér, „so sprich als Freund zum Freund,
Und sei gewiß, es hört dich gern dein König."

„Ich danke, Herr, und will die Gunst mir nützen,
Die freundlich diese Stunde mir gewährt,
Für uns, dein Volk, die wir Jahrtausende
Geharrt, gefleht, bis uns erschien der Retter,
Bis strahlend stieg aus Jakobs Haus dein Stern
Und eine Ruthe band die Hand Jehovahs,
Mit Wucht zu züchtigen die Fürsten Moabs.
Die Macht der stolzen Feinde liegt zerschmettert,
Und ihre Reiter warf der Herr zu Boden;
Doch was du heute freudig ernten magst,
Die reife Saat: sie ward gehegt, gepflegt
Jahrhunderte von deinem treuen Volk.
Es hat den Acker sorglich dir bestellt,
Im Schweiß des Angesichts gepflügt, gesäet,
Mit Thränen jede Scholle reich befeuchtet;
Und mochte Sturm und Frost die Saat vernichten,
Von neuem baut' die Hoffnung wieder an:
Jetzt standen reif zum Schnitt die goldnen Aehren,
Mit Jubel führen wir die Garben heim."

„Den treuen Dienern soll ihr Lohn nicht fehlen!"

„Ja, Herr, das ist mein Wunsch: gerechte Wage
Für all die Deinen! — Wohl dem Volk, das Thaten,
Nicht leere Worte nur dir weisen darf!
Und weil die Scheelsucht das Verdienst der Juden
Vor deinem Angesicht zu schmälern wagt,
Weil List und Trug des Königs edles Herz
Vom Herzen seines Volks zu reißen sucht,
So laß mich reden für sein gutes Recht,
Laß seine Thaten auf die Wage legen,
Dann richte selbst, o Herr, ob schwerer wiegt
Des Renegaten Wort und Lügenkunst
Als deines Volkes treu bewährter Sinn."

Ein Zornesblick des Königs trifft den Kühnen;
Doch wie der Blitzstrahl rasch ins Dunkel taucht,
Das ihn gebar, verbirgt Sotér den Haß,
Und huldvoll lächelnd spricht er mild zum Alten:
„Mein Freund, ich weiß die Rede nicht zu deuten.
Ein guter König bin ich meinem Volk,
Und hoch erhoben hab' ich Israel;
Es steht ihm offen, ward ihm Grund zur Klage.
Mein Ohr und Herz."
                    „Ich wußt' es, Herr und König,
Daß Unrecht nicht vor deinem Aug' besteht.
Doch eh' ich mir den Groll vom Herzen rede,
Der sich in kurzer Stunde drin gehäuft,
Laß mich der Thaten meines Stamms gedenken. —

Du kennst sie selbst, die Leidensjahre Judas,
Seitdem der Herr sein Volk im Zorne schlug
Und in die Hand der Heiden übergab.
Der Römer zog die Pflugschar über Sion
Und warf die Fackel in Jehovahs Tempel,
Es fraß sein Schwert der Männer Muth und Stärke,
Gefesselt führt' er auf den Sklavenmarkt
Die Söhne Judas und die Töchter Sions.
Ich sah's und knirschte, doch ohnmächtig war
Die Faust, der Haß. Ich folgte den Verkauften
Und mengte meine Thränen mit den ihren
Am Strand des Tiber und im Sand der Wüste.
Aus bittrer Saat entkeimte neue Hoffnung
Auf den Erlöser, auf der Rächer Judas;
Denn sieh: das Blut der Christen, das in Rom
Den gier'gen Boden der Arena tränkte,
War doch ein Tropfen Glücks im Leidensbecher,
Den uns Tyrannenwuth zu leeren zwang.

Doch höher wuchs die Noth und stieg die Qual:
Das Kreuz gewann den Sieg, vom hohen Giebel
Der Christentempel grinst' es uns entgegen,
Man trug's dem Heer voran, die Armut schmückte
Damit der Hütte Thür; der Nazarener,
Den wir getödtet, ward zum Gott der Welt.
Uns aber haßte man als seine Mörder.
Wie der Hyänen feige Schar zur Nachtzeit
Sich beutegierig auf das Schlachtfeld wagt
Und zwischen Leichen auch den Wunden packt,

So fand in uns der Pöbel seine Beute,
Den heißen Durst mit unserm Blut zu stillen. —
Wir seufzten zu Jehovah, streuten Sand
Auf unser Haupt; doch er verschloß sein Herz
Dem heißen Flehn, und höher wuchs das Elend,
Je mehr der Christengott und seine Bonzen
Die ganze Welt mit ihrem Wahn erfüllten.
Wie räud'ge Hunde wies man uns hinweg,
Und deren Lippen stets von Liebe sprachen,
Die stießen uns aus Stadt und Land hinaus.
Sie schürten tückevoll den Haß des Pöbels
Und nützten gegen uns den Unverstand:
An allem Unglück trugen wir die Schuld,
Die Pest, das Siechthum galt als unser Werk ...
O daß es so gewesen! daß die Seuche
Das ganze Hundepack hinweggerafft! —
Da flammten überall die Scheiterhaufen,
In deren Gluthen meine Brüder starben;
Da ward der Dolch geschliffen für den Meuchler,
Und wer den Juden überfiel und schlug,
Der wähnt' ein gottgefällig Werk zu thun.
Ich sah's und knirschte, doch ohnmächtig war
Die Faust, der Haß.
                    In dieser Trübsal selbst
Vergaßen wir der Hoffnung nicht, der Rache:
Wir hetzten Volk auf Volk, die Schurken sollten
In ihrer blinden Wuth sich selbst zerfleischen.
Und konnten wir das Ganze nicht vernichten,
So fing sich mancher doch in unsern Netzen,

Und eine Wollust war's, mit feinen Fäden
Ihn immer enger, fester zu verschnüren!
Es schlug der Herr, der sie vernichten wollte,
Mit Blindheit unsre Feinde: nie begriffen
Den Werth des Goldes sie, die Kunst des Reichthums.
Was ihrer Väter Raubgier einst gesammelt,
Für unerschöpflich hielten sie den Schatz
Und warfen ihn mit voller Hand hinaus;
Wir aber trugen emsig Korn um Korn
Vom Acker heim und litten gern den Schimpf
Der Gegenwart, denn unser war die Zukunft.
Zum gleichen Streben einten sich die Brüder,
Das eine Ziel behielten wir vor Augen
Und schafften unverzagt, ameisenartig,
Bei Tag und Nacht. Jehovah sah's und lieh
Sein Ohr dem treuen Volk.
     Da ward das Gold
Zur Riesenmacht, zum Götzen aller Völker,
Vor dem sie gern die stolzen Kniee beugten
Daheim und in der neu entdeckten Welt
Wie meine Väter vor dem goldnen Kalbe;
An unserm Haken saßen sie gar fest,
Und mit dem Gold gewannen wir die Herrschaft.
Ein goldner Schlüssel öffnet alle Thüren,
Um Goldesglanz verräth der Freund den Freund.
Schon fing zu dämmern an der Tag der Rache,
Wir hatten Einfluß und erlangten mehr;
Das Ohr des Fürsten lauschte meinem Rath,
Und Krieg und Frieden barg des Juden Toga.

Noch waren wir gelitten nur, ein Uebel,
Das jeder gerne, wenn er kann, entfernt;
Noch lag der Druck auf uns des Christenhasses,
Und allzu fest gefügt, zu tief gewurzelt
War Ordnung und Gesetz in ihrem Reiche.
Indes der Sünden Maß war übervoll,
Verborgen in der Asche glomm der Funke
Des Aufruhrs, der Empörung unbemerkt.
Die Pfaffen Roms, vom Schweiß des Volkes trunken,
Verwahrten schlecht das Feuer auf dem Herd;
Ein Hauch genügte, lodernd schlug die Flamme
Verzehrend auf und fraß voll Gier um sich;
Vom Schein geblendet, schürten sie den Brand
Und gossen Oel statt Wasser in die Gluth.
Was Mönchsgezänke schien, der Ablaßkram,
Es ward zum Streitruf in dem Völkerkampf.
Wie Hunde gierig um den magern Knochen,
So rauften sich die Christen um den Wahn
Des Nazareners; grimmig warfen sie
Das Joch der Kirche weg und beugten sich
Dem härtern Eisenjoch der Fürstenherrschaft.
Die Habsucht griff zum Schwert, die Ländergier,
Es stürmte Wuth und Leidenschaft der Massen
Altar und Thron, die Burgen und die Münster;
Nicht galt Gesetz und Recht, der Ordnung Band
Und des Gehorsams Fessel war zerrissen.
In Strömen floß das Blut durch dreißig Jahre,
Verödet war, versengt das weite Land,
Im wüsten Schutte lag der Städte Reichthum,

Und grinsend schlich das Elend auf den Trümmern. —
Da müder Faust das Schwert entsunken war,
Zerstritten weidlich noch die Pfaffen sich,
Und jedes Fürstlein fühlte sich als Papst,
Der seine Leute zwang, nach seiner Laune
Den Glauben wie das Werktagskleid zu wechseln:
Er ward zum Kleid.
                    Jetzt senkten wir geschickt
Die Keime neuer Weisheit in ihr Herz:
Spinoza ward ihr Lehrer. Was der Wurm
In Gottes Paradies geheimnißvoll
Dem ersten Menschenpaar ins Ohr geflüstert:
,Ihr sollt dem Schöpfer gleich, sollt Götter werden!'
Dies Zauberwort verfehlte nie die Wirkung;
Es ist ein eigner Kitzel für die Ohnmacht,
Von ihrer Götterherrlichkeit zu träumen.
Und wieder klang das Wort verführerisch,
Da blähte sich die Dummheit auf und rief:
,Ich bin ein Gott! bin Richtschnur und Gesetz
Mir selbst allein; ich kenne keinen Richter,
Der prüft und straft, was ich begehrt, gethan!'
Und stolz erhob der Philosoph sein Haupt
Und schien sich bald ein Wesen höh'rer Art,
Indes die Phrase, die man kaum verstand,
Ihm schwülstig von den Lippen überquoll.
Mit klugem Sinn in Wort und Schrift erfüllten
Wir diese Götter dann mit Thiergelüsten,
Wir weckten die Begier, die schlummernde,
Zu jeglichem Genuß und bliesen lustig

Ins Flammenmeer, das stete Nahrung fand.
‚Natur, Natur ist alles!' riefen wir,
Sie riefen's nach und meinten still bescheiden,
Dies sei des eignen Denkens Quintessenz.
Und wie das Gold, so ward dies Wort zur Macht,
Mit der wir siegreich unsre Schlachten schlugen.
In unsre Dienste trat der Musenchor,
Das Wissen warben wir als Hilfsgenossen.
Zur Kanzel unsrer Lehre ward die Bühne;
Des Bildners Meißel und des Dichters Griffel,
Sie regten sich für uns; es woben emsig
Die Philosophen an den Hirngespinsten,
Zu denen wir die Fäden klug bereitet,
Und unverdrossen zimmerten die Forscher
Der Weltgeschichte Bau nach unserm Plan.
Wir priesen sie dafür als Unfehlbare,
Den tollsten Widersinn als Offenbarung
Der auferweckten göttlichen Vernunft.

Nun war es Zeit. Wir riefen: ‚Freiheit, Gleichheit
Und Menschenrecht!' Und endlich, endlich sprach
Die Welt das große Wort, das uns erlöste:
‚Humanität!' — Ein Taumel riß die Christen
In seinen Reigen mit; und wenn sie sich
Den Thieren gleich zerfleischten, — frisch voran!
Wir schürten gern die Gluth, die jene brannte,
Und wärmten uns die Hände nur am Feuer,
Das sie verzehrte. Freudig priesen wir
Die Jakobiner und das Blutgerüst,

Das volle Gleichheit schuf für alle Christen.
Und als der stolze Corse sich erhob,
Der Fürsten Throne zornig zu zertrümmern,
Da jauchzten wir ihm zu, denn aus dem Schutt
Erblühte still für uns die Wunderblume; —
Der Völker tiefes Elend ward die Quelle
Der reinsten Freude, höchsten Glücks für uns!
So schien die Welt in unsre Hand gegeben:
Was sich im Schweiß des Angesichts der Bauer
Von seinem magern Acker abverdient,
Was immer Menschengeist und Menschenfleiß
Sich hart erworben, floß in unsre Taschen.
In unserm Dienste schwang der Schmied den Hammer,
Im Schoß der Erde grub für uns der Knappe,
Die Schlote rauchten, die Maschinen summten
Ihr monotones Lied von Schweiß und Kohle,
Das Dampfroß keuchte seinen Weg entlang
Mit unsern Waren ohne Rast und Ruhe;
Mit dem Tribut der fremden Welt beladen.
Lief unsre Flotte glücklich in den Hafen.
Des Dampfes Kraft, die Schnelligkeit des Blitzes
Und der Natur geheime Wechselwirkung,
Wir zwangen sie zur Frohne. Ja, noch mehr!
Erfüllung fand das Wort des greisen Noah,
Daß Japhet wohnen soll im Hause Sems;
Denn Grund und Boden, Wald und Feld und Auen,
Des Armen Hütte, den Palast des Großen,
Wir nannten alles, alles unser eigen.
Wir ernteten, was andre mühsam säten,

Und fügten unverdrossen Stein um Stein
Zum Riesenbau von Judas Weltregierung.

Lang blieb es todtenstill im Reich der Christen,
Ein Friedhof schien's und wir die Todtengräber,
Und mancher Pfaffe sprach dazu sein Amen;
Doch scheintodt war der Nazarener nur,
Er kam zu neuem Leben, neuer Kraft.
Der Heroldsruf des Papstes rief zum Streite:
Mit fieberhaft begannen sie die Rüstung
Und standen bald zum ernsten Kampf bereit.
Wohl war die Truppe klein, doch Heldenmuth,
Begeisterung verdoppelten die Kraft.

Zwei Lager gab es auf dem Erdenrund:
In unserm wallte siegesstolz die Fahne
Der Freiheit, der Vernunft, doch trug sie leider
Die Kugelspuren mancher Niederlagen;
In jenem stand das Kreuz, das Holz der Schmach,
Und streckt' die langen Arme nach der ganzen
Von uns beherrschten Erde gierig aus. —
Auf seiner hohen Warte stand der Papst
Und späht' mit Adleraugen in die Nacht
Des Elends und der Qual.
                  Als ob vom Himmel
Ein neues Licht durch Nacht und Wolken strahlte,
So blickte hoffnungsfreudig all das Volk
Zum greisen Seher auf; — vertrauend lauschte
Die Armut wie der Reichthum seiner Weisheit,

Die wundersam verlockend, überzeugend
Von seinen Lippen floß. Ein Reich des Geistes,
Ein Königthum der Weisheit schien errichtet. —
Schon boten ihm die Fürsten ihre Hand,
Schon ward sein Wort zur That, sein Wunsch Gesetz:
Da galt es rasch den großen Schlag zu führen.
Die Presse meiner Brüder schlug Alarm,
Die Loge tauscht' die Kelle mit dem Hammer.
Und Anarchie begann den alten Schlachtruf
Von Land zu Land, von Pol zu Pol zu tragen;
Er hallte wider in der Armut Hütten,
Im stolzen Marmorhaus des Fabrikanten,
Im tiefen Schacht des Bergwerks.

                      Grollend stieg
Der Geist des Aufruhrs aus der engen Gruft,
Ein lohend Feuer ging aus seinem Mund,
Im Sturme flatterte der rothe Mantel;
Entfesselt wurde jede Leidenschaft,
In Schrift und Wort der heil'ge Krieg gepredigt.
Nicht Ueberlegung gab's, die blinde Wuth
Ergriff die Massen; aufgelockert wurde
Das letzte Band der Liebe, des Gehorsams. —
Sieh, wenn der Föhn am Eis der Gletscher leckt
Mit heißer Zunge, wenn vom Wolkenmeer
Die neue Sündfluth niedergeht aufs Land:
Dann schwillt der Bergbach an zum breiten Strom,
Reißt Felsenmassen aus der Berge Rippen
Und stürzt wuthschäumend, donnernd in das Thal,
Mit Riesenfaust zertrümmernd, was ihm trotzt;

Die stärksten Dämme bricht er wie das Spielzeug,
Er höhnt des Menschen Kunst und überfluthet,
Ein brausend Meer, das weite Fruchtgefild;
Auf stolzem Rücken trägt er seine Beute,
Die wüsten Trümmer von dem Glück der Dörfer,
Die spurlos unter Sand und Schutt verschwinden:
So schwoll der Aufruhr an zum wilden Strom
Des Bürgerkriegs, verschlang des Armen Hütte,
Des Bauern Feld und den Palast des Reichen;
Unheimlich klang das Grollen aus den Wirbeln,
Die Wogen prallten an die Fürstenthrone,
Sie fielen wie das Kreuz. Da ward das Wasser
Wie Purpur roth vom Blut der Christenhunde,
Und aus dem Dunst der Pfützen stieg die Rache,
Die tausendfach vergalt, was wir gelitten. —
Und doch, viel leichter trägt das Menschenpack
Das Joch der Knechtschaft als der Freiheit Scepter;
Noch an der warmen Leiche des Tyrannen
Beginnt es nach dem neuen Herrn zu seufzen.

Wie der Orkan aus unerforschten Tiefen
Urplötzlich sich erhebt und Meer und Wolken,
Ein himmelstürmender Titan, zum Chaos
Der ersten Schöpfung durcheinander mengt —
Vergebens bäumt das alte Meer sich auf
Und schäumt, ein wilder Renner, in die Zügel;
Sein finstrer Reiter drückt den Sporn nur fester
In seine Flanken, daß es rasend hinstürmt
Und endlich stöhnend, willenlos sich fügt —:

So kam auch er, der sieggewalt'ge König,
Und brach sich aus den Trümmern einer Welt
Die Blöcke für den Bau der neuen Zwingburg;
Mit seinem Schwerte wurden sie behauen,
Mit Schweiß, mit Blut der Völker festgekittet.
Und als die Kaiserburg, ein Thurm des Nimrod,
Sich hoch erhob, als rings in allen Landen
Die kleinen Zwinger wie die Pilze wuchsen,
Da jauchzte diese Brut von feigen Sklaven
In Ketten noch und in des Kerkers Tiefen
Dem Bauherrn zu.

Doch sieh, am Fuß des Thrones,
Im Sonnenschein der königlichen Gunst
Lag unverletzt die giftgeschwollne Schlange.
Das Christenthum, die Hydra, deren Köpfe
Verdoppelt aus dem Rumpfe sich verjüngten.
Ihr wuchs der Kamm: wie vor dem Kaiser beugte,
Die stumpfgewordne Welt das Knie vor ihr;
Zu neuen, höhern Ehren kam das Kreuz,
In goldgeschmückten Tempeln stieg der Duft
Der Weihrauchwolken, leierten die Pfaffen
Das alte Lied herab vom Nazarener,
Und gläubig schlug, zerknirscht, der große Haufen
An seine Brust.

Und in der Burg zu Rom,
Ein König wieder, thronte stolz der Papst.
Doch nicht zufrieden mit dem alten Reich,
Das ihm mit Schafsgeduld zu Füßen lag,

Und lüstern nach dem Ruhme des Columbus,
Entbot er Heere seiner Seelenjäger
Zum Fang der Völker, die der Heimat Götzen
Noch mit dem Nazarener nicht vertauscht.
Das zähe Volk der Mitte ward gewonnen
Und wusch die Zöpfe nun im Christenwasser;
Des Nils, des Kongos lang verborgne Quellen
Benetzten weihevoll das Haupt der Neger,
Und in des Nordlichts Wunderfarben strahlte
Das Christenkreuz am Giebel der Kapellen:
Ein Reich, so groß, so weit und allumfassend,
Wie keines Königs Macht es je geträumt,
Ein Weltreich wie das deine lag geknechtet,
So geist- wie willenlos dem Papst zu Füßen.

Zerstört für immer schien, was wir geschaffen,
Umsonst das Mühn, umsonst die Gluth der Opfer,
Die wir gebracht, und ferner wähnten wir
Als je zuvor das Flammen deines Sterns.
Doch in der Weltmacht, in der Ueberfülle
Des äußern Glanzes, der das Kreuz umgab,
Lag lauernd die Gefahr, der Keim des Siechthums.
Der Glaubenseifer, der Apostel schuf
Und Martyrer der Liebe, war erloschen;
Kein Gegner rief sie mehr zum heißen Kampf,
Im tiefsten Frieden schlummerte die Welt;
Da legte sich, wie Schimmel auf die Blätter,
Im Lauf der Zeiten stätig, kaum bemerkbar,
Der Alltagsstaub auf ihre goldne Rüstung:

Die Lauheit fraß sich in das Herz der Kirche. —
Noch schien von außen sie der starke Bau,
Doch saugte heimlich schon am Felsengrund
Der Mauerschwamm die beste Kraft ihr weg.
Das Ideal verblaßte mehr und mehr,
Der Fanatismus wich bequemer Trägheit
Und Herzenskälte, die wie Winternebel
Erstickend nun die ganze Welt erfüllte.
Im allgemeinen Abfall riß das Volk
Die Pfaffen mit, es blieb nur Schein und Flitter
Und Streberthum. Zu Stand und Würden drängte,
Zu fetten Pfründen sich die Dutzendware.
Den steifsten Nacken bog die Gunst der Großen,
Ein huldvoll Lächeln und ein leerer Titel:
In kleinen Zeiten wächst ein klein Geschlecht.
Da standen sie, die Streiter für das Kreuz,
Das sie als Ordenszeichen nur verehrten,
Im Vorgemach der Fürsten lange Stunden,
Bemüht, im fetten, glänzenden Gesicht
Der Kirche würdevollen Ernst zu zeigen.
Indes sie beim Altar vor Hast und Ekel
In Schweiß geriethen, ohne Geist und Salbung,
Gewohnheitsmäßig die Gebete sprachen,
Verstanden sie sich trefflich auf den Hofton;
Sie wußten stets und angenehm zu plaudern
Und hatten Zeit und Sinn für Küch' und Keller,
Für Jagd und Sport und dunkle Frauenaugen.
Und wie sie krochen vor dem Blick der Hohen,
So steiften sie den Nacken vor dem Niedern,

Und über all des Tages kleinen Sorgen
Vergaßen sie der großen um die Kirche.

Die Wächter schliefen, die da wachen sollten:
Wir konnten ungestört den Samen säen
Auf ihren Acker. — Durch die Länder hin
Verstreute rasch die Loge die Genossen
In unserm Dienst, und ahnungslos gesellten
Der Kirche Hirten sich dem Sämann zu.
So wurden endlich reif zum Schnitt die Saaten,
Jehovah schloß uns auf sein Vaterherz
Und sandte dich, den Retter meines Volkes,
Und gab dir Sieg und Herrschaft und Gewinn." —

„Mich dünkt, daß sich dein Volk", begann Sotér,
„Um mich, den König, nicht zu sehr gegrämt.
Ihr habt mich lang in Wort und Schrift gehöhnt
Und Hemmniß mir auf Hemmniß aufgethürmt,
Bis siegreich durch das Nachtgewölke brach
Die wunderbare Leuchtkraft meines Sterns."

„Verzeih, o Herr! wenn wir dem armen Rabbi,
Der unbekannt aus wilder Steppe kam,
Die Thore nicht, die Herzen rasch erschlossen:
So manches Irrlicht hatt' uns schon getäuscht;
Drum prüften wir bedächtig, ob der Glanz,
Der uns den Stern verhieß, den Stern aus Jakob,
Auch unvergänglich sei. — Du kamst, o König!
An dir erfüllten sich die heil'gen Schriften
Und was die Meister uns im Talmud lehren:

Du bist aus Davids Stamm, der größre David,
Der Juden Weltreich war dein Losungswort,
So glaubten wir und hofften. — Jubelnd gab
Ein jeder hin, was tief im Schoß der Erde
Für diesen Tag an Schmuck, an Gold und Silber
Die weisen Väter vor der Welt verbargen;
Sie legten's dir zu Füßen, so gelang's,
Dein Reich zu gründen und dem Feind zu wehren.
Ich kam zu dir und stellte meinen Haß
Und die Erfahrung von Jahrtausenden
In deinen Dienst, ich legte gern die Schnüre
Der über Land und Meer gespannten Netze
Des ‚großen Orients‘ in deine Hand.
So fielen dir die Länder Asiens
Und das Gebiet der Tropen rasch anheim;
Besorgt um seinen Dollar, sandte dir
Das Krämervolk der Neuen Welt Tribut.
Europa zauderte; den Blinden schien
Der Glanz des lichten Sternes nicht gefährlich;
Was schreckte sie die Macht des neuen Königs,
Der, fern genug, des Daseins süße Wonnen
Und die Genüsse nicht zu stören schien?

Doch einer war, der das Verhängniß sah
Und scharfen Sinns Verderben witterte:
Der alte Papst auf seinem Stuhl zu Rom,
Der herdenlose Hirte, dessen Rufe
Die Welt in ihrem Taumel nicht vernahm.
Es war der heisre Nothschrei der Verzweiflung;

Die Schlange spie wie sonst ihr Gift und zischte,
Daß manche Schläfer aus dem Traume fuhren.
Doch hielten sie's für einen Fieberanfall
Des tollen Greises nur und legten sich,
Unwillig ob der Störung, auf die Seite.
Du sandtest mich. — Ich fand die Meinen rührig,
Des alten Baues Stützen morsch und faul.
Zu spät erwachten jetzt die trunknen Schläfer,
Da schon der Feuerbrand das Dach ergriff,
Und rafften taumelnd, von der Gluth geblendet,
Nur rasch zusammen, was zuhanden war.
Die wen'gen Pfaffen, die noch treu geblieben,
Versuchten sich zum letzten Kampf zu rüsten;
Ihr Heroldsruf erklang — es war zu spät! —
Zum großen Kreuzzug rief der Papst die Seinen,
Nur eine Handvoll scharte sich ums Kreuz,
Die meisten standen träg und unentschlossen.

Auf wild empörten Wellen schwamm das Schifflein
Der Christenkirche, das dem Steuer nicht,
Dem Ruder nicht gehorchte. Zornesmächtig
Ergriff der Sturm das kleine, schwache Boot
Und warf es spielend in das Wogenthal;
Und aus den Wolken zuckte Blitz auf Blitz,
Der Schiffer bleiches Angesicht beleuchtend.
Sie riefen wohl: ‚Ach, komm zu Hilfe, Herr!'
Doch nur die Donner gaben spöttisch Antwort. —
Was Wind und Wogen nicht hinweggefegt,
Das warfen wir dem Schwert zum Fraße vor.

Es kam zur Schlacht. — Am Walserfelde stand
Ein Birnbaum, alt und morsch; doch neue Säfte
Gewann der Strunk und trieb den Schaft empor,
Den dürren Stamm durchströmte wunderbar
Der Jugend frisches Blut, und herrlich wölbte
Die Krone sich, die Blüthenflocken prangten
An Zweig und Ast und deckten rings die Heide.
Das war die Zeit, das war der Ort zum Kampfe.

Hier stand die Christenschar, an einem Ast
Des Baumes hing des Führers Wappenschild;
Im Winde wehte keck die Kreuzesfahne,
Die Meinen drängten sich ums Sternenbanner.
Und nun begann das Würgen. Die Kanonen
Entboten donnernd ihren Gruß dem Feinde;
Die Bomben flogen, die Raketen zischten,
Die Kugeln pfiffen lustig hin und her.
Bald stand des Birnbaums Blüthenpracht in Feuer;
Noch hielt der Christen kleine Schar sich wacker,
Mit Löwenmuth dem sichern Tode trotzend,
Doch unsre Riesenmacht erdrückte sie.
Vom Blute ward die Heide purpurfarben,
Und immer höher thürmten sich die Leichen;
Gar trotzig hielt der schwache Rest noch stand,
Bis auch der letzte fiel, mit ihm die Fahne. —

Wir nützten rasch den Sieg und forderten
Von allen Völkern den Tribut für dich.
Sie thaten mehr: freiwillig brachen sie

Die Götzentempel ab, von allen Thürmen
Verschwand das Christenkreuz, an dessen Stelle
Dein goldner Stern nun auf zum Himmel flammt.
Ich zog mit meinem Heer durch ganz Europa,
Gesetz und Recht aufs neue herzustellen;
In deinem Namen herrschen dort die Brüder:
Wenn ein Empörer noch, ein Christ sich zeigt,
Wenn einer leise nur zu murren wagt,
Dann gilt das neue Recht: er wird zum Sklaven.
Viel Tausend bringt dir meine Flotte zu,
Die besser hier als dort verwendet werden;
Gar mancher Fürstensprößling ist darunter,
Sie werden deine Höflingsschar verstärken —
Und einer noch, das Haupt der todten Kirche,
Der letzte Papst. Wir trafen ihn am Schlachttag
Ganz nah der Walstatt mit den Cardinälen
In einer Hütte betend vor dem Kreuzbild.
In wenig Tagen steht er schon vor dir,
Aus deinem Mund sein Urtheil zu vernehmen.
Das, Herr, ist mein und meines Volkes Werk."

„Ein schlechter Anwalt bist du nicht, mein Freund,"
Begann Sotér, „du weißt mit klugem Wort
Das weit Entlegne sinnreich zu verknüpfen,
Als Tugend selbst den Fehler aufzuputzen.
Mich dünkt, es war die Sehnsucht nicht allein
Nach dem Messias und der Wunsch, mein Werk
Von langer Hand zu rüsten, jetzt zu fördern,
Warum dein Volk nach Gunst und Reichthum strebte:

Der Tanz ums goldne Kalb ist alter Brauch!
Doch das vergißt man gern. — Du selber hast,
Es hat dein Volk mir treuen Dienst geleistet.
Drum gab ich ihm ein Großtheil meiner Macht,
Mit Wucherzinsen zahlt' ich ihm sein Gold;
An Ehren reich und Würden lebt der Jude,
Die meisten Christensklaven sind sein eigen:
So kühl' er nun an ihnen seinen Zorn!
Das einst erlittne Wehe mag er rächen
Und, wie der Psalm verheißen, seinen Fuß
Im Grimme setzen auf der Feinde Nacken.
Was will er mehr?"

           "Er will die Huld des Königs,
Nicht kalten Dank. Er will der Nächste sein
An deinem Herzen: nicht der Fremdling soll
Vermitteln zwischen ihm und dir, o König!
Und doch! Der Akum hat des Hauses Kinder,
Hat meine Brüder listig hier verdrängt. —
Die Habsucht nur, nicht Ueberzeugung trieb,
In deinen Dienst ihr bißchen Witz zu stellen,
Die groß in Worten sind und klein in Thaten,
Die haben meine Brüder dir entfremdet."

   "Was willst du?" braust der König zornig auf,
"Ich soll der Sklave deines Volkes sein?
Die Juden nicht allein, die Völker alle,
Die, meinem Stern vertrauend, mir gehorchen,
Verdienen meine Huld. Es steht geschrieben:
,Zu kleinlich dünkt es mich, so spricht der Herr,

Durch dich nur Jakobs Kinder aufzurichten;
Ich habe dich bestimmt zur Völkerleuchte:
Für alle, die da wandeln noch im Schatten,
Sei Licht und Glanz und Heil!" — Dem Nazarener
Und seinem Kreuze gilt mein Haß, der Kampf,
Und auf den Trümmern dieses Götzenthums
Erstand mein Reich, erhob ich meinen Thron!"

„Und doch, o Herr!" erwidert Ahasver — ·
Auf seiner Stirn erscheint das blut'ge Mal,
Aus seinen Augen flammt ein Zornesblitz —
„Der große König, den Jehovah uns
Zu senden durch der Seher Mund versprach,
Der zweite, beß're David, der Messias,
Soll Israel als Retter nur erscheinen,
Um ihm die Fürsten all der andern Völker
Zum Sklavendienst in Ketten vorzuführen,
Denn nur mein Volk erwählte sich der Herr;
Dies lehrt die Schrift, dies lehren unsre Meister.
Wohl geht die Sonne ja für jeden auf,
Doch ungleich trifft der warme Strahl des Lebens
Den rauhen Pol und diese heil'ge Stadt:
So mögen vor dem Glanze deines Sterns
Die fremden Völker zittern und vergehen, ·
Uns strahle mild und klar sein holdes Licht! —
Es hat das Liebeln mit den Heidenleuten
Den Nazarener an das Kreuz gebracht;
Und daß du's, Herr, von Anfang anders hieltest,
Daß du wie David hier den Thron errichtet

Und meinem Volke Huld und Herrschaft gabst,
Daß seine Gegner auch die deinen wurden:
Das war's, woran wir jubelnd dich erkannten
Als den verheißnen, gottgesandten König! —
Da kam der Fremdling, warf sich heuchlerisch
Zu deinen Füßen, und mit Schmeichelreden
Umgarnt' er rasch dein unberathnes Herz:
Der Christenbischof ward zu deinem Freunde,
Zum mächt'gen Kanzler deines stolzen Reiches,
Zum Haman meines Volks, das er verachtet."

Gar seltsam lächelte Soter ihm zu:
„Dein Alter raubt dir das Gedächtniß, Freund!
Als mich die Deinen grimmig noch verfolgten,
Erstand in Teitan mein Prophet und Helfer:
Er war der erste, der als Gottgesandten,
Als den verheißnen König mich begrüßte;
Wie soll ich ihm dies Wort mit Undank lohnen!"

„Dem König ziemt," erwidert Ahasver,
„Nicht Worte nur, zuerst die That zu lohnen.
Es hat mein Volk dir Gut und Blut geopfert,
Der Nächste soll es drum am Throne bleiben;
Dein Kanzler weiß nur Phrasen schön zu drechseln,
Zu unserm Schaden deine Gunst zu nützen.
Wo steht sein Werk? In deiner Hauptstadt, Herr,
Vor deinen Augen wächst die Macht der Christen,
Sie wagen auf dem Markt dich zu beschimpfen;
Und während wir die ganze Welt bezwungen,

Hebt hier die Hydra noch ihr Haupt empor.
Ohnmächtig bleibt des großen Kanzlers Witz,
Er ist nur groß im Schmeicheln und Verführen,
An meinen Brüdern zeigt er seinen Muth
Und braucht die Zeit, die Weiber anzulocken,
Der Wollust Diener und ein Knecht der Feigheit!"

Ein Blitz des Zornes traf den kühnen Sprecher,
Doch hielt Sotér an sich, und wieder spielte
Das sonderbare Lächeln um die Lippen:
„Ich will mit dir am Tage deines Ruhms
Nicht rechten, Alter! Uebel hat die Lüge
Mit gift'ger Zunge dir, dem Fremdgewordnen,
Von meinem Kanzler und von mir berichtet;
Er ist dein Freund und achtet hoch dein Volk,
Und keinen von euch beiden will ich missen
In meinem Rath. — Du wirfst ihm Trägheit vor,
Weil ihm der Fang der Christenhunde hier,
Der tollen Meute, nicht gelang, die manchen
Durch ihr Gekläffe wohl in Schrecken setzten:
Wohlan! versuch du's selber, sie zu fassen —
Du hast doch Uebung, wie du mir erzählt —;
Gelingt es bald, so wird dein König dir
Den höchsten Preis der Klugheit zuerkennen."

„In wenig Tagen bring' ich dir die Schurken!"
Versetzt mit stolzem Eifer Ahasver;
„Daran erprobe, Herr, daß deine Herrschaft
In meiner Brüder Kraft und Treue wurzelt."

„An einer Probe soll es euch nicht fehlen,
Da magst du selbst, da mag dein Volk sich zeigen;
Wer ohne Wanken siegreich sie besteht,
Der wird des Königs Macht und Herrschaft theilen!"

Nur halb zufrieden, halb des Zweifels Beute,
Der ihm das Herz verwirrte, schied der Jude. —

Kaum schloß sich hinter ihm der hohe Flügel,
Als sich ein Vorhang hob und ungestüm
Der stolze Kanzler vor den König trat.
„Ich kann es nicht verstehen," rief er zornig,
„Wie du gelassen dieses Alten Geifer
Dein eigen Haupt und meins besudeln ließest;
Er spie dich an, er drohte dir — du schwiegst!
So sieh denn selbst, wohin dich Güte bringt:
Es kann der Jude seines Wesens Kern,
Und der ist ekle Frechheit, nicht verläugnen."

„Laß dich's nicht grämen, Freund!" begann Sotér.
„Wenn ich mit Absicht heute noch das Kläffen
Des Hundes litt, so war's, weil meine Stunde,
Die große des Triumphs, noch nicht gekommen.
Er redet nur, was all die Seinen denken,
Die wir zu sehr verachten, sie zu hassen;
Denn Hunde haßt man nicht, man peitscht sie nur.
Und als ein Spürhund mag er mir noch nützen:
Er hat den Papst gefangen, ihm gelingt's,
Die zwei ,Propheten' hier ins Netz zu locken;
Denn was kein Teufel kann, versteht der Jude."

„Nun, haſt du nicht gehört, was er dir bot:
Die Seinen werden dir ſo lang gehorchen,
Als du die Krone trägſt nach ihrer Vorſchrift?
Und fehlt ein Buchſtab nur an all dem Wahnſinn,
Den ihrer Lehrer finſtrer Geiſt geboren,
Dann ſchreien ſie: ‚So ſteht’s nicht im Geſetz!‘ —
Ha, wüßten ſie, daß du von David nicht,
Von einem Chriſten nur und einer Jüdin
Aus Dans Geſchlecht entſproſſen, o, ſie würden
Dir heute noch das bißchen Treue künden! —
Schon wittern ſie Verrath: im Hauſe Labans
Ward geſtern nachts das ganze Schuldregiſter,
Das deine wie das meine, vorgelegt.“

„Das iſt der Rabbi,“ lächelt arg der König,
„Mit deſſen Töchterlein der Kanzler ſpielt.“

Und dieſer ſchmunzelt: „Ja, der Streich iſt gut;
Ich ſuchte lang dem Alten beizukommen,
Der mit beſonderm Haſſe mich beehrt;
Nun ging das eitle Mädchen mir ins Garn
Und glaubte ſteif und feſt, ſie würde bald
Als die Gemahlin Teitans vor dir ſtehen!“

„Der arme Rabbi!“ ſpöttelte Sotér,
„Wie wird er ſich die grauen Haare raufen,
Erfährt er von dem Girren ſeines Täubchens!“

„Er weiß darum, die Eitelkeit verrieth ſich,
Und rührend war’s zu hören, wie der Alte

Mit Ahasver des Kanzlers Gier besprach." —
Er lachte höhnisch auf. — „Der Rabbi drohte,
Sein Gänschen nun in strenger Haft zu halten.
Die Guten ahnten nicht, daß mir sein Diener,
Den er verläßlich hielt, noch in der Nacht
Die Kunde brachte von dem ganzen Handel:
Und heute früh — noch lag die Stadt im Schlummer —
Entfloh das scheue Vöglein seinem Käfig,
Den Flüchtling bracht' ich auf mein Felsenschloß."

„Am Troste wirst du's ihm nicht fehlen lassen,"
Versetzt Sotér; — dann wird er plötzlich ernst,
Ein seltsam Feuer glüht aus seinen Augen:
„Nun, Freund, vergiß darüber nicht des Kanzlers,
Der seines Königs Werk zu fördern hat!
Wohl haßt die Welt in ihres Herzens Tiefen
Dies ekle Judenpack, wie wir's verachten;
Doch eh' das Beil wir an die Wurzel legen
Des Giftgewächses, grab die Schollen ihm
Vorsichtig ab! Der Pöbel steht wie sonst
Auf Seite dessen, der ihn kräftig hetzt; —
Du hast ja Leute, die das trefflich können!
Doch säume nicht, in alle großen Städte
Vertraute Boten insgeheim zu senden.
Der Tag ist nah, da sich's entscheiden soll.
Der Papst ist mein, und sind es auch die Schurken,
Die meinem Wort hier Widerstand noch leisten,
Dann mag die Maske fallen, die wir hassen,
Und meines Namens Räthsel sich enthüllen:

Es soll dies Volk, das mich Messias nennt,
Es soll die Welt vor ihrem Gott sich beugen;
Zum Himmel will ich steigen, über Sternen
Den Thron errichten und vom morschen Sitze
Den alten Wahngott in die Tiefe schleudern.
Der Himmel soll, die Welt im Staube sich
Vor meinen Augen winden und vergehn,
Und wehe dem, der mir zu trotzen wagt!" —

Tief aus dem Abgrund gellt des Königs Stimme,
Unheimlich klingt das Echo von den Wänden,
Und Teitan selbst erbleicht: es steht vor ihm
Stolz aufgerichtet, feuerüberfluthet,
In düstrer Majestät der Geist der Tiefe.

V. Die Katakomben.

Wo sich von Hiobs Quell in starker Steigung
Der rauhe Pfad dem schmalen Thore nähert,
Das, überschäumend in der Kraft und Fülle
Der jugendlichen Glieder, die Natur
Mit Riesenfaust aus Hinnoms Felsen brach,
Erhob sich wüster Lärm, Geschrei und Fluchen:
Ein Maulthier war gestürzt, die Karawane,
Die mühsam sich geschleppt im Sonnenbrand,
Der hoch im Osten glomm, gerieth ins Stocken. —
Das Durcheinander nützend, floh ein Sklave,
Dem scheuen Wilde gleich, den Felsen zu;
Doch folgten fluchend schon drei Wächter ihm,
Die langen Peitschen hoch zum Schlag erhoben.
Die wilde Jagd begann, Verzweiflung war
Des Sklaven Schwinge, Haß und Aerger schien
Die Eile der Verfolger zu verdoppeln.
Jetzt traf ein Hieb den Flüchtling, daß er stöhnend
Zusammenzuckte, doch mit letzter Kraft
Entwand er sich der rauhen Hand des Feindes,
Die nach ihm griff, und schoß, ein Pfeil, dahin
Zum nahen Thal, auf dessen Felsenwänden
Sein Hilferuf ein schwaches Echo weckte;
Doch näher auch und näher kam der Feind,
Des Sklaven Muskeln drohten zu erlahmen.

Da ward dem Armen in der höchsten Noth,
Als er dem Tode schon ins Weiße sah
Und bebend niedersank, noch rasche Hilfe:
Es lösten sich vom Felsen, der sie deckte,
Hoch oben, hart am Vorsprung eines Grats,
Zwei Männer lautlos ab, die Büchsen knallten:
Zwei Sklavenjäger stürzten todt zusammen,
Der dritte lief, laut jammernd, zu den Seinen,
Die schreckerfüllt mit ihm die Flucht ergriffen.
Aufathmend trat der Flüchtling in das Thal,
Wo sich mitleidig bald ein Trupp von Männern,
Die Schar der Kreuzesritter, um ihn drängte.
„Gerettet!" rief der Sklave, Hand und Aug'
Zum Himmel hebend, „aus dem Joch befreit,
Das zweimal ärger drückt als Todesqual,
Und dies durch euch! Wie soll, wie kann ich danken?"

„Wir haben nichts als unsre Pflicht gethan,
Die Pflicht der Nächstenliebe", wehrte freundlich
Der Führer ab. „Nun magst du ruhen, Bruder,
Im Kreis der Freundschaft und im Schoß des Friedens.
Doch sprich, woher des Wegs, wer führte hier,
In der verrufnen Schlucht, die Karawane?"

„O Herr, der schlimmste dieser Sklavenhändler," —
Wie schaudernd sah der Flüchtling nach dem Eingang —
„Man nennt ihn Kossof, seine Hand ist rauh
Und scharf die Geißel, die er hämisch schwingt;
Die Sklaven zittern, die sein Auge streift.

Vom ersten Morgengrau bis spät zum Abend
War unser täglich Brod sein Peitschenhieb."

„Verzeihe," sprach der Führer, „daß die Neugier
Mich nicht sogleich an meine Pflicht erinnert,
An Ruh' und Labung, deren du bedarfst!
Ein Bruder mag dich zu den Vätern leiten,
Die für Erquickung gerne Sorge tragen."

Blitzartig zuckt es auf im Aug' des Flüchtlings,
Doch senkt sich freudig dankend schon sein Blick;
Dann folgt er dem Begleiter einen Pfad,
Der zwischen Steingeröll zur Tiefe führt,
An Judas Felsengräbern hart vorbei.
„Hier bot zuerst sich uns die Zufluchtsstätte,"
Begann sein Führer, auf die Gräber weisend;
„Doch wie die Schergen in die Katakomben
Des alten Rom hyänenartig drangen,
So hielt auch unsern Feind nicht Grab und Moder
Von der Verfolgung ab, der Todten Ruhe
Ward schauerlich durch sein Triumphgeheul
Und durch der Opfer Wimmern unterbrochen.
Da hat uns wunderbar die Hand des Herrn
Ein neues, sicheres Asyl bereitet,
Das noch kein Spürhund unsrer Feinde fand. —
Nun sieh dich vor und tritt in meine Spuren,
Es wendet steil zur Höhe sich der Pfad,
Für ungeübte Blicke kaum erkenntlich:
Ein Tritt daneben, und du bist des Todes."

Vorsichtig, Schritt um Schritt, gewannen sie
Des Felsens halbe Höhe. Plötzlich hielt
Der Führer an. Vor ihnen ragte senkrecht
Die Wand empor; kein Spalt, kein schmaler Vorsprung
Gewährt' dem Fuße Halt zum Weiterdringen.
Und aus der Tiefe hob der Tod die Hand,
Des Wand'rers Blick und festen Muth verwirrend.
Der Flüchtling lehnte schaudernd sich zurück
Und hielt sich krampfhaft an dem Dorngesträppe,
Das Boden doch und Nahrung hier gefunden.

„Wir sind am Ziel!" begann der Führer wieder.
„Die starre Felswand birgt noch das Geheimniß:
Ein Druck auf diesen Zacken — sieh, es öffnet
Sich wie von selbst das Thor zur Höhlenstadt.
In alter Zeit, als sich der Strom der Völker
Verheerend über Kanaan ergoß,
Vom Schwerterklirren und vom Kriegsgeschrei
Das Thal von Save dröhnend widerhallte,
Da schlug zum Schutze seines Volks die Stollen
In diese Felsen Salems Priesterkönig.
Jahrtausende verrannen, achtlos schritten
Die Menschen stumpfen Sinns am Räthsel hin,
Das üppig diese Dornen überwuchsen.
Uns hat Elias dann, von Gott belehrt,
Dies Felsenthor zur rechten Zeit eröffnet."

Sie traten ein, der Führer schloß das Thor,
Und tiefe Finsterniß umfing die beiden;

Doch bald erhellte Fackellicht den Gang,
Der viel verzweigt, in mannigfacher Windung
Sich in das harte Herz des Berges zog.
Mit Staunen sah der Falkenblick des Sklaven
Der Grotten Wunderwerk, an deren Wänden
Die Lichtreflexe, zauberisch erglänzend,
Den Reiz erhöhten des Geheimnißvollen.
Kein Laut erscholl als nur der Hall des Trittes,
Und leise rieselte von allen Seiten
Das Wasser nieder durch die Felsenadern.
Unheimlich klang's dem Flüchtling, wie das Ticken
Der Todtenuhr, und eisig legte sich
In immer engern Ringen Todesfurcht,
Erstickung drohend, um sein pochend Herz.
Da wandte sich der Führer nach der Rechten,
Von weitem flog ein Lichtstrahl durch den Gang,
Und leise nur, wie ferner Glockenton,
Erklang von drüben her ein ernstes Lied.

„Wir wollen nicht die heil'ge Feier stören!
Du magst dir erst in dieser Nebenkammer
An Brod und Wein den kranken Muth erfrischen,
Eh' wir den Vätern vor die Augen treten."
Sie gingen seitwärts in die Felsengrotte,
Wo roh gezimmert Tisch und Bank sich fanden.
„Hier ruhe, Freund, und iß! Das Brod ist hart,
Doch Bruderliebe bietet dir die Gabe!"
Der Flüchtling folgte schweigend seiner Mahnung,
Und kaum verrieth das Zucken seines Augs,

5*

Daß hinter seiner Stirne nicht die Geister
Der Höhlenstadt, die Friedensengel, wohnten. —

Mit klugem Sinne birgt des Landmanns Fleiß
Das Samenkorn im Mutterschoß der Erde,
Bevor der Winterstürme wildes Heer,
Umschwärmt von Todesvögeln, unaufhaltsam
Mit wüstem Lärme durch die Lüfte tobt;
Da mag es ruhen, bis ein Strahl der Liebe
Den Keim ans Licht des jungen Maien lockt:
So barg im dunkeln Schoß der Felsengrotte
Vor Sturm und Frost im trüben Herbst der Welten
Die Hand des Herrn das Samenkorn der Zukunft.

Die Halle war mit Kriegern angefüllt,
Im Hintergrunde stand ein schlichtes Kreuz.
Das Licht der Kerzen am Altar vermochte
Den weiten Raum nur spärlich zu erleuchten.
Jetzt herrschte tiefe, weihevolle Stille:
Zum Volk gewendet, stand im Festornat
Ein greiser Priester vor dem Tisch des Herrn;
Ehrwürdig wallte breit der weiße Bart
Zum Gürtel nieder, auf die Schulter fiel
Das Silberhaar des großen Patriarchen,
Der die Vollendung aller Zeit verband
Mit ihrem Anfang, der den ersten Vater
Der Menschen sah und seinen letzten Enkel;
Und segnend legte Henoch seine Hand
Auf eines Jünglings Haupt, der vor ihm kniete.

„Mein Sohn," begann der Greis, „durch Schwur und
Handschlag
Gehörst du nun zum Ritterstand des Herrn!
Sei treu dem Schwert, mit dem ich dich umgürtet,
Und treu dem Kreuz! Du trägst die Fahne Christi:
O, halt sie hoch im Sturm des letzten Kampfs!
Schon schallen die Posaunen des Gerichts,
Schon hebt der Herr zum letzten Schlag den Arm;
Noch taumeln, trunken von dem Wein der Sünde,
Die Thoren ihres Wegs, wie vor dem Tag,
Als Gottes Zorn die Wasser von den Himmeln
Und aus dem Abgrund rief und eine Welt
Voll Schmutz in bergehoher Fluth ersäufte;
Bald kommt der Herr im Feuer: qualmend schlägt
Die Lohe seines Grimms bis an die Sterne,
Und wie das Bündel Stroh im Feuerofen
Versinkt die Welt der Laster in die Gluth.
Drum sei bereit! Wer ausharrt, wird gerettet!"

Er zog den Jüngling liebend an die Brust:
„Der Frieden Gottes sei mit dir, mein Sohn!"
Der junge Ritter wandte sich und sank
Aufjubelnd an die Brust der treuen Mutter,
Die zärtlich ihn umfing und innig küßte.
„Mein Kind, mein letztes Kind!" begann die Greisin,
Und Thränen netzten ihr die bleichen Wangen,
„Nun, weil ich auch dein Herz geborgen weiß
Im Schutz des Kreuzes, will ich gerne sterben.
Doch du vergiß es nie, daß deine Brüder

Mit ihrem Blut dies Ordenskreuz erkauften:
Sei jener werth!"
                        Der Jüngling beugte sich
Auf ihre Hand, dann sprach er feurig ernst:
„Ich bin dein Kind und werd' es bleiben, Mutter!" —
Mit Friedensgruß und Bruderkuß empfingen,
Mit frommen Wünschen ihn die Ordensritter;
Ihm war's, als schwebe segnend Gottes Engel
Mit leisem Fittich durch die Felsenkammer.

An seines Führers Hand betrat der Flüchtling
Der Weltverfehmten friedliches Asyl.
Sein Auge schweifte rastlos durch die Höhlung
Und blickte scheu, fast ängstlich auf die Ritter,
Dann trotzig, stechend scharf auf den Altar,
Wo Henoch stand, der greise Patriarch.
Vor diesen traten sie. „Mein guter Vater,"
Begann der Führer, „diesen Christensklaven
Befreiten nah' dem Felsthor meine Brüder,
Als ihn der Wächter rauher Griff erreichte."

„Sie thaten nur, was ihre Pflicht gebot",
Erklärte Henoch; prüfend musterte
Sein scharfer Blick den Flüchtling, — und ein Leuchten
Wie Nordlichtsflammen überflog sein Antlitz.

Den Sklaven ängstigte das lange Schweigen,
Drum sprach er hastig, sich demüthig neigend:
„Erbarm dich meiner, gottgesandter Greis!
Die Narbe meiner Stirn, die vielen Striemen,

Sie reden laut von langer Todesqual,
Die für das Kreuz dein armes Kind erduldet."

Doch Henoch rief: „Du wagst es, Natternbrut,
Dem Zorn des Herrn dein schuldig Haupt zu zeigen!
Auf deinen Lippen lebt die Lüge, Kossof!
Schon schlug mit deiner Geißel dich Elias,
Die Stirne zeigt das Mal..."
      Der Flüchtling zuckte
Wie vor der Peitsche Hieb in sich zusammen;
Doch, schnell gefaßt, fuchsartig alle Schliche,
Die sonst zum Ziele führten, schlau berechnend,
Begann er leise mit bewegter Stimme:
„Ja, großer Priester, Kossof steht vor dir,
Der, ach! in blindem Wahn, von Trug umgarnt,
So manchen Frevel wider euch beging;
Jetzt aber seht das Zeichen der Erlösung
Auf meiner Stirne blutig eingebrannt:
Der Sklavenjäger wurde selbst zum Sklaven,
Der Feind des Heils zum Christen und Bekenner!"

„Halt ein!" gebot ihm streng der Patriarch,
„Du bist der Wolf noch immer deiner Heimat,
Der gierig nach dem Blut der Christen lechzt;
Dein Athem stinkt, dein Herz ist voll von Lüge,
Du hast den Pelz, nicht die Natur gewechselt.
Um unser lang behütetes Geheimniß,
Das ihr gewaltsam nicht ergründen konntet,
Dem finstern Feind des Heilands zu verrathen,

Haft du den Trug gewählt, die Taubeneinfalt,
Die heilige, mit arger List bethört.
Sag, welchen Lohn erwartet der Verräther?"

Ingrimmig knirschte Koffof mit den Zähnen,
Die Augen rollten wild, die Maske fiel,
Der Haß des Todfeinds glomm auf seinem Antlitz.
„Und bin ich Koffof noch, der Sklavenjäger,
So spuck' ich aus vor dir, du frecher Narr,
Und vor den Deinen. Tödtet mich, ihr Hunde!
Bald wird mein Blut von euch ein andrer fordern,
Für jeden Tropfen zehnfach Sühne heischen."

Wie wenn am Horizont die Wetterwolken
Zu finstern Maffen sich zusammenballen, —
Dumpf heult der Sturm und ferne Donner rollen,
Doch siegreich dringt die Sonne durch die Nacht
Und scheucht mit Glanz und Licht die dunkeln Geister: —
So füllte sich der Männer Bruft mit Zorn,
Die Schwerter blitzten dräuend in der Luft,
Schon griff der Führer zu mit starker Fauft,
Doch ernft befehlend klang die Stimme Henochs:
„Mein ift die Rache, spricht der Allgebieter!
O wollt ihr denn des Ordens reinen Schild
Und euer Herz mit solcher Schuld beflecken? —
Dir aber, Mann der Lüge, gilt mein Wort:
Du fordertest den Tod, er ift dir nahe,
Schon wetzt für dich der Schnitter seine Sense,
Doch nicht von unsern Händen kommt der Schlag.

Du sinnst auf Böses, und verhärtet ist
Von Jugend auf dein Herz in Grausamkeit;
Doch was der Geist der Sünde will und schafft,
Der Himmel lenkt es still zu unserm Wohle.
Du glaubst zu führen, doch du wirst geleitet,
Ein Werkzeug bist du nur in Gottes Hand,
Die Pläne seiner Weisheit zu vollenden.
So werde dir kein Haar von uns gekrümmt,
Doch als Gefangner sollst du hier verweilen,
Bis ich dich selber aus der Höhle leite. —
Führt ihn hinweg und hütet seine Schritte!"
Mit wildverzerrtem Antlitz, düstre Gluth
Im dunkeln Aug', folgt' Kossof seinen Führern.

Und Henoch warf sich auf die Kniee nieder:
„Nun ist die Stunde da, du rufst uns, Meister! —
O heilig Holz, das seinen Ruhm empfing
Vom frohnen Leib des menschgewordnen Gottes,
Du langersehntes, heißgeliebtes Kreuz,
O nimm uns auf, dem Meister bring uns nahe,
Der dich zum Hochaltar der Welt erhob!"
Noch tiefer sank der Seher in Betrachtung,
Auf seinem Antlitz glühte wunderbar
Der goldne Schimmer des verlornen Edens.

Da nahte sich ihm zweifelnd der Comthur:
„Ehrwürd'ger Vater, unser Hort und Führer,
Verzeih dem Kinde, das mit blödem Auge
Das Nächste nur erkennt und rathlos steht,

Sobald sich der gebahnte Pfad verliert;
Verzeih die Sorge, die das Herz beklemmt:
Wenn deine Milde des Verräthers Fessel
In kurzen Stunden löst, wo finden wir
Für unser müdes Haupt ein Handbreit Erde,
Wohin des Feindes Macht und List nicht reichen?"

„Kleingläubige, was seid ihr angstbefangen,
Als ob die Hand des Herrn ohnmächtig worden!"
Rief tadelnd eine Stimme hinter ihnen,
Und schnellen Schrittes nahte sich der Gruppe
Mit Jugendeifer der erhabne Greis,
Auf dessen Angesicht ein Abglanz lag
Vom Himmelslicht wie damals, als ihn Gott,
Den Wagen Israels und seinen Lenker,
Im Wirbelwind mit gluthumstrahlten Rossen
Des Schülers Blick und seinem Flehn entzog.
Mit inniger Umarmung grüßten sich
Die Patriarchen, Gottes hehre Leuchten,
Und standen Hand in Hand vor dem Altar.
„Erlösung naht, ihr Brüder!" rief Elias,
„Schon hob sich aus dem Meer ein leichtes Wölkchen,
Bald rauscht die Regenfluth in Strömen nieder!
‚Ich hab' gezählt', so spricht der Geist des Herrn,
‚Der Trübsal Stunden, und sie voll gefunden;
Um Rache schreit zu mir das Blut der Zeugen,
Die meinen Namen vor dem Henker priesen:
Ich will sie furchtbar rächen, ihren Feind
Im Grimme fegen von der Erde Rücken;

Dann wird der Rest des Volkes, deines Volkes,
Das ich erwählt, zu mir sich wieder wenden.'
Die Stunde naht, es fügt sich Ring an Ring,
Geschlossen ist der Weltgeschichte Kreis:
Des ersten Petrus Schicksal soll am zweiten
In diesen Tagen wieder sich erfüllen.
Gefangen schleppt des Juden finstrer Haß
Das Haupt der Christenheit zur Stadt Soters.
Euch, Brüder, rief der Herr als seine Boten,
Ihr sollt den greisen Vater aus dem Rachen
Der Ungeheuer festen Muthes reißen.
In eurer Hand ist Sieg, mit euch ist Gott,
Er selbst vollendet dann, was ihr begonnen,
Und schlägt im Grimm den Feind, der euch bedroht:
Die freie Kirche schaut der freie Papst!"

„Mit uns ist Gott!" Es dringt der Jubelruf
Aus aller Mund, hell blitzet siegesfroh
Die blanke Klinge, heller blitzt das Auge.

„Zum letztenmale, Brüder, zieht ihr aus,
Zum letzten, schönsten Siege rüstet euch!
Eh' dieses Tages Sonne sich geneigt,
Vor unsers Feindes Burg befreit den Papst!
Wohl hat die Gier ein Netz um ihn geworfen,
Das unzerreißbar scheint; doch ihre List
Soll unsre Waffe sein, und Gottes Klugheit
Die Schlauheit dieser Welt zu Schanden machen.
Die Feinde werden, Ahasver voran,

Mit dem Verräther, den die Höhle birgt,
Im Wahn gelungner List euch lässig folgen;
Doch kehrt ihr nur zum Schein hierher zurück,
Und seid ihr an das Felsenthor gelangt,
So mag ein Dutzend Krieger es besetzen.
Den Gegner täuschend, und sich langsam dann
Auf uns zurück in diese Höhle ziehen.
Ihr andern flüchtet auf geheimen Pfaden
Mit eurem Vater nach dem Labyrinth,
Das David barg vor Saul und unsern Brüdern,
Den Schwestern eine Zufluchtsstätte bot.
Dort bleibt im Schutz des Himmels, letzte Sprossen
Des kleinen Senfkorns, das der Herr gepflanzt,
Vereint in Liebe bis zum Tag des Zorns,
An dem er selbst der Frevler Macht zermalmt."

Wohl fluthete so mild das Licht der Liebe
Von beiden Patriarchen auf die Brüder,
Wohl schwellte Siegeshoffnung ihre Brust;
Doch wie mit dumpfer Trauer, bangem Zweifel
Der Jünger Herz beim Abendmahl sich trug,
Da Christus ihnen sprach vom nahen Leid,
So lastete der Trennung trübes Bangen
Wie böser Alpdruck auf den Kreuzesrittern,
Und endlich rang von ihres Führers Lippe
Die bange Frage sich: „Und ihr, o Väter?"

„Uns ruft der Meister!" Mit verklärtem Blick
Wies Henoch auf das Kreuz.

                    „O bleibt noch hier,
Laßt eure Kinder nicht zurück als Waisen!"

    „Ihr Brüder," sprach Elias, „wißt ihr nicht,
Daß euer Führer Christus ist, der Herr?
Er beibt euch nah', auch wenn wir heimgegangen.
Wir müssen sterben, daß die Kirche lebt:
Aus unserm Blute sproßt und blüht die Freiheit;
Wenn unser Zeugniß auf dem Markt erschallt,
Dann bindet Gott, mit denen er uns schlug,
Die Ruthen in ein Bündel für das Feuer. —
O haltet nicht im Wahn der Kindesliebe
Die Seelen auf, die schon die Flügel regen
Zum freien Flug ins süße Heimatland!
O gönnt die Heimkehr uns: es krankt das Herz
Vor heißer Sehnsucht nach dem Tag der Freiheit,
Bis endlich fällt des Leibes morsche Hülle,
Bis unverhüllt das Aug' die Gottheit schaut!"

    „So laßt auch uns den Todespfad betreten!"

    Doch ernst erwidert Henoch auf ihr Drängen:
„O wollt ihr, Kindern gleich, des Himmels Willen
Nach eures Herzens Unverstande deuten?
Nur zwölf erwählt der Herr aus eurer Mitte,
Mit uns den Kelch zu trinken seiner Gnade.
Zu großem, schönem Werk bewahrt er euch:
Ihr seid das Samenkorn der neuen Erde,
Des neuen Gottesreiches erste Bürger;

Ihr sollt dann sammeln, was der Sturm zerstreut,
Und die verirrten Schäflein heimwärts führen,
Damit ein Hirt und eine Herde sei.
Drum greift nicht frevelnd in des Himmels Rathschluß
Und betet, wie der Herr euch beten hieß:
‚Auf Erden soll des Himmels Wille werden!‘
Jetzt aber wählt aus euch die zwölf Geweihten
Und fleht zum Herrn, daß er ihr heilig Opfer
Aus reiner Hand mit Wohlgefallen nehme!“

Gehorsam thaten sie nach seinen Worten.
Es ward das Los geworfen. Aengstlich pochte
Der Mutter Herz, die heut ihr Kind geopfert.
Elf Krieger waren schon vom Herrn erkoren,
Nun fiel das letzte Los, es traf den Sohn.
Aufschluchzend schloß ihn die Matrone noch
Zum letztenmal in ihre Mutterarme:
„Mein Kind, du folgst den Brüdern siegreich nach,
So darf auch ich mein Haupt zur Ruhe legen,
Ich will dir noch im Tode nahe sein!“

Die zwölf Erwählten traten zum Altar
Und scharten sich, die Lämmer, um die Hirten;
Doch wehmuthsvoll umstanden sie die Brüder,
Und mancher Seufzer drang aus ihrem Herzen.
„Was seid ihr traurig, Freunde?“ rief Elias,
„Nur kurze Zeit, dann sehen wir uns wieder,
Und eure Krone wird nicht minder leuchten
Als die der zwölf im Haus des besten Vaters.

Und nun ans Werk! Lebt wohl, Gott sei mit euch!" —
Noch einmal segneten die Patriarchen
Die fromme Schar, dann blieben sie zurück,
Und Henoch nahm das Kreuzbild vom Altar
Und barg es sorgsam in der Seitengrotte.
Hier warfen beide flehend sich zu Boden
Und seufzten: „Komm, Herr Jesu, komme bald!"

Und als die Stunde nahte, die bestimmte —
Die Sonne barg ihr Aug' im Nebelschleier,
Und zum Gewitter ballten sich die Wolken —,
Da gaben sie den Sklavenjäger frei.
Der Blick des Hasses lohnte den Propheten,
Die schweigend wieder in die Grotte kehrten. —
Doch hastig eilte Kossof nach dem Ausgang,
Und als er frei sich sah und unbemerkt,
Da hob er finster drohend seine Faust:
„Ich werd' euch diesen Tag vergelten, Hunde!"
Dann schlich er sich, die Deckung schlau benutzend,
Von Fels zu Fels, von Busch zu Busch hinweg.

❧❧❧

VI. Die Wahnsinnige.

Zuhöchst am Himmel flammt in weißer Lohe
Der Sonnenball, Gluthtropfen schäumen über
Und strömen dampfend wie geschmolznes Erz
Zur Erde nieder; gierig leckt das Feuer
Das Lebensblut aus den geborstnen Adern —
Kein Hauch, kein Athemzug, nur Qualm und Dünste,
Die Herz und Geist betäuben und vergiften.

Der Markt ist leer, verödet sind die Straßen;
Ein Strom, so heiß, als sei die dumpfe Luft
In Aetnas tiefstem Schlunde durchgeglüht,
Erstickt die Neugier, die vors Thor sich wagt; —
Rings Todtenstille.   Nur ein finstrer Mann
Mit irrem Blick und festgepreßten Lippen
Durchkreuzt das Gluthmeer. Von der Stirne perlt
Auf Wang' und Bart der Schweiß — er achtet's nicht;
Wie Pfeile bohren sich die Sonnenstrahlen
In alle Poren ein — er achtet's nicht;
Und wie der Vogel, den der Blick der Schlange
Magnetisch lockt, in immer engern Kreisen
Unruhig, angstbethört den Feind umflattert:
So folgt der finstre Wand'rer willenlos
Dem Zauberzuge, der ihn immer wieder

Dem alten Haus des Rabbi Laban nähert.
Noch einmal zögert Kaleb an der Schwelle,
Wie sich besinnend greift er an die Stirn
Und höhnt sich selbst: „Wen suchst du, blinder Thor?
Bist du die Motte, die, vom Licht geblendet,
Sich immer wieder in die Flamme stürzt? —
Ach Sara, Kind, was hast du mir gethan!"
So schreit er auf und kehrt sich zornig ab
Und stürmt die Gassen planlos auf und nieder;
Jetzt steht er wieder vor dem Haus des Juden,
Und von der Kraft der Sehnsucht überwältigt,
Mit ungestümer Hast, als gelt' es ihm
Den Zweifel zu betrügen, tritt er ein.

Wie Moderduften weht es ihm entgegen,
Unheimlich knarrt und ächzt die morsche Treppe,
Kein Diener kommt, den Gast des Herrn zu grüßen.
Er pocht aus Wohngemach des alten Rabbi,
Man hört ihn nicht, die Thüren sind verschlossen,
Und Todesgrauen deckt das ganze Haus,
Den großen Sarg, der seine Hoffnung birgt.
Verzweiflung faßt ihn an. — Da plötzlich hallt
Vom Hof herauf ein kurzes, schrilles Lachen
Und dann ein Flüsterwort, ein ängstlich Raunen,
Jetzt bricht der Leidenschaften heiße Lava
Gewaltsam durch, ein wild erregter Strom,
Des Dammes spottend, der ihn hemmen soll;
Ein Schrei ertönt, und wieder jenes grelle,
Wahnwitzige Gelächter.

                              Schneidend geht
Der schrille Ton durch Mark und Bein des Lauschers.
Er kennt den Klang, der Hoffnung letzte Saite
Zerreißt im Herzen; doch der Zorn nicht minder,
Der Groll verraucht, nur Mitleid füllt die Brust.
Er eilt hinab und tritt durchs Gartenthor.

Auf einer Steinbank sitzt, nur halb im Schatten
Der Laubgewinde, die das Haus umranken,
Des Wahnsinns arme Beute, Labans Tochter.
Die Locken gleiten, dunkle Schlangenringe,
Von ihren Schultern nieder auf den Arm,
Die Kohlenaugen blicken starr ins Leere,
Nur um die blassen Lippen zuckt es seltsam.
Auf ihrem Schoße liegen Purpurrosen,
Und zitternd zupfen in nervöser Hast
Die Finger Blatt um Blatt vom Stengel ab.
In Kalebs Auge drängt sich eine Thräne,
Laut schreit sein Herz, doch bleibt die Lippe stumm.
Unheimlich tönt das schrille Lachen wieder
Aus Saras Mund, die Lippe zuckt empor,
Das Aug' erweitert sich, der Körper bebt,
Und ängstlich duckt sie sich in einen Winkel.
„Ha, wie's hier innen brennt! . . . und wie die Sonne
Mit scheelem Auge stechend auf mich weist:
‚Das ist sie! O, sie stieg zu hoch, nun liegt
Sie tief im Staub!‘ — Wie die Gespielen scheu
Mir aus dem Wege gehn, als hätt' die Schande
Den Aussatz mir ins Angesicht gemalt! . . .

Ob ich den Flecken wohl entfernen kann?"
Sie nahm ihr Tuch und rieb die Stirne. — „Ha!
Ha, ha!" — Dem wilden Lachen folgt ein Stöhnen,
Die Kranke brütet düster vor sich hin. —
Dann geht ein krampfhaft Beben durch die Glieder,
Und hastig springt sie auf und hebt den Kopf,
Ihr Auge glüht, sie jauchzt in toller Lust:

„Im Hofe stampft der Rosse Huf,
    Ein Pfiff ertönt: das ist sein Ruf.
        Ich eile, Herz, ich eile!
O schweige still, du dunkle Nacht,
Daß nicht der alte Mann erwacht.
        Wenn ich beim Liebsten weile!

Aufs Pferd, aufs Pferd, und rasch hinaus!
Schon ist verschwunden Hof und Haus,
        O Freiheit, goldne Sonne!
Wie ruh' ich stolz an seiner Brust,
Wie flüstert heiß sein Mund von Lust,
        Von Liebeslust und Wonne!

Schon wiehert froh sein flinkes Roß.
Im Morgenstrahl erglänzt sein Schloß,
        Ich geb' mich ihm zu eigen!
Sein bin ich ganz mit Seel' und Leib,
Sein zärtlich Kind, sein stolzes Weib,
        Nun müssen all' sich neigen! —

O weh, was thust du? Bleib, Geliebter, bleib!
Was schreckst du mich zurück? Was blickt dein Auge
So kalt, ach, eisig kalt? Du gehst und lachst!
Sieh her, die frechen Weiber höhnen mich —

Der Bube kommt mir nah'! O rette, hilf! —
Du nickst ihm zu, du Scheusal! — Ach, mein Liebster,
Verlaß mich nicht! — Hinweg, hinweg, ihr alle! —
Nur fort, nur fort! — Du kennst mich, alter Mann?
Was runzelst du die Stirn, was soll der Dolch
In deiner Hand? Ich bin es ja, dein Kind! —
Doch still, und sag es niemand, hörst du? niemand!
Sie möchten glauben daß er mich verachtet. —
Ha, ha!"

　　　　Sie sank gebrochen auf den Stein.
Das Auge blickte wieder starr hinaus,
Und um die blassen Lippen zuckt' es seltsam.

　　Der Lauscher hielt sich länger nicht zurück.
Wie Feuerkohlen brannte Wort um Wort
In seinem Herzen und entfachte neu
Zur Höllengluth die Rachsucht gegen Teitan.
Er trat hinzu, sie sah und hört' ihn nicht.
"Ich bin es, Sara!" sprach er schmerzbewegt
Und griff nach ihrer Rechten; doch sie stieß
Mit wildem Schrei des Freundes Hand zurück
Und rief: "Verruchter, rühre mich nicht an!
Hinweg Unreiner! — Rette hilf, Geliebter!"

　　"O Sara, kennst du nicht mehr deinen Kaleb?"

　　Starr blickt sie lang ins Aug' des treuen Mannes,
Doch kein Erkennen fliegt durch ihre Seele; —
Nur leise hucht, ein Traumbild aus der Kindheit,

Erinnerung an ihrem Geist vorüber;
Und sinnend streicht sie mit der Hand die Stirne,
Dann spricht sie langsam ernst: „Ich kannte dich,
Als ich daheim beim alten Mann noch war;
Der hatte seine Tochter dir versprochen,
Da floh sie nachts von ihm weit fort! Das aber
Ist lange her" — sie zählt an ihren Fingern —:
„Ein Tag und zwei, drei Tage; — sind es mehr?"

„Ach Kind, das ich geliebt wie nichts auf Erden
Und immer noch, ich fühl' es, lieben muß!
Hat Teitan dich gelockt und dann verlassen,
Der feige Schurke? Sprich, ich will dich rächen!"

Sie tritt ihm näher und beginnt zu flüstern:
„Nenn seinen Namen nicht, er könnt' es hören
Und seine Sara schelten — siehst du dort?
Er steht so finster, seine Brauen runzelnd; —
O bleib, Geliebter, bleib, ich bin dein eigen;
Verstoß mich nicht, du hast mich ja gerufen!
Ich eile, Herz; es schläft der alte Mann;
Nun still, ganz still, er schläft so leis; — ha, ha!"

Sie sinkt ohnmächtig in des Freundes Arm,
Der trägt die leichte Last ans Brunnenbecken
Und netzt die Stirn und Lippen ihr mit Wasser. —
Ein Seufzer dehnt die Brust, dann schlägt sie langsam,
Verwirrt die Lider auf, des Wahnsinns Nacht
Ist für den Augenblick von ihr gewichen.

Die bleichen Wangen röthen sich vor Scham,
Und seinen Armen haftig sich entwindend,
Bedeckt sie das Gesicht mit beiden Händen;
Dann sinkt sie hilflos hin, die Thränen brechen,
Ein lang verschloss'ner Quell, aus ihren Augen. —
Dem Freunde greift ihr wildes Weh ans Herz,
Er will sie sanft mit leichtem Arm umfangen,
Doch stöhnt sie laut: „Geh weg! Besudle nicht
Die reine Hand am Kleide der Entehrten! —
Ach dort! Sie zeigen schon mit spitzen Fingern,
Die stolzen Frauen, auf des Rabbi Tochter,
Die sich zu hoch vermaß! — Nun hält er mich
Zur Dirne gut genug für seinen Diener ... —
Hinweg, du Bube, rühre mich nicht an;
Ich bin ja deine Herrin, frecher Sklave!" —
Schon wieder blicken starr die dunkeln Augen,
Und um die blassen Lippen zuckt es seltsam.

Der Waffenhändler stand, ein rathlos Kind,
Und mühte sich vergeblich, ihr zu helfen.
Sie schien den treuen Freund nicht mehr zu sehen
Und las nur emsig die zerstreuten Blätter
Der Purpurrose stumm vom Boden auf.
„Für mich ist sie verloren," sprach er seufzend,
Verzweifelnd zu sich selbst; „es kann die Kunst
Das wunde Herz, den kranken Sinn nicht heilen,
Das sitzt zu tief, der Schlag hat gut getroffen!
Hier aber darf sie sonder Schutz und Wartung
Nicht länger weilen. Ist denn niemand hier,

Kein Vater hier, der sich des Kinds erbarmt?
Und wenn er zehnmal sie verflucht, verstoßen,
D e r Jammer muß ein Herz von Stein erweichen!"
Und eilig schritt er in das Haus zurück.
Noch scheint es öd und todt, die Treppe knarrt,
Kein Diener kommt, die Thüren sind verschlossen;
Doch aus dem Wohngemach des alten Rabbi
Tönt Klirren ihm wie von Metall entgegen
Und leises Kichern. Rasch entschlossen stemmt
Sich Kaleb kräftig an und stößt die Thür,
Die morsche, leicht in Trümmer. Als er eindringt,
Saust eine Kugel hart am Kopf vorbei;
Den rauchenden Revolver in der Hand,
Tritt schreckensbleich der Alte vor ihn hin.

„Ich bin es, Vater, bin dein Freund und Sohn;
Kein Diener fand sich, mich dem Herrn zu melden;
Ich muß dich sprechen!"
                          Langsam legt der Rabbi
Die Waffe weg. „Was willst du?" fragt er tonlos,
„Was suchst du noch im Hause des Zertretnen?
Die Ratten fliehn das Schiff, das untersinkt."

„Im Hof verschmachtet Sara, komm zu helfen;
Der Wahnsinn hat der Armen Geist umnachtet,
Des Vaters Liebe muß ihr Leuchte sein."

„Ich hab' kein Kind," versetzt der Rabbi kalt,
„Die Tochter starb, die mir mein Weib gebar.
Was kümmert mich im Hof die fremde Dirne?"

„Und hat sie schwer gefehlt, so büßt sie schwerer;
Vor solchem Leide schmilzt der Haß des Feindes:
Wie sollt' des Vaters Herz nicht Mitleid fühlen?“

„Ich muß ihr wohl noch danken für die Schande,
Die schamlos ihre Gier aufs müde Haupt
Des Mannes häufte, der sie Tochter hieß.
In Ehren ward ich grau, nun soll die Schmach
Mit mir zur Grube steigen, mit mir schlafen
Den langen, schweren Schlaf? O bin ich denn
Ein Christenhund, daß jeder auf mich spuckt?
Sieh diesen Dolch, — ich setzt' ihn schon der Dirne,
Da sie mein Haus betreten, auf die Brust;
Ich stieß nicht zu, warum? Ich weiß es nicht;
Doch das ist alles!“

                         Zornig schrie der Händler:
„Wenn sich mein Groll, wenn sich der Haß des Mannes,
Den sie nicht weniger als dich betrog,
In Mitleid wandelt, soll des Vaters Liebe,
Die Regung der Natur erdrosselt werden?
Und stirbt die Schmach, wenn du das Kind verläugnest?“

„Der ist nicht unrein, der das Kleid zerreißt,
Das schmutzig ward, und auf den Kehricht wirft. —
Ich sehe wohl, du bist aus anderm Stoff,
Und jener Mann — ich nenn' den Namen nicht —,
Der Rabbi Laban kinderlos gemacht,
Hat gut gerechnet und den Sklavensinn,
Der in dir steckt, mit scharfem Blick erkannt.

O bleib nur ruhig! Kann das Fischblut denn
In deinen Adern noch in Wallnng kommen?
Da nimm und lies! — Doch nein, ich will dir selber
Des Mannes Botschaft künden, kurz und klar:
Er sendet höhnisch mir das Kind zurück,
Und dreißig Golddenare fügt er bei!"

Der Alte schleuderte den Brief zu Boden.
„Nun, bist du stumm? so lache doch mit mir!
Hier sieh das Geld, den Kaufpreis meiner Tochter!
Was zögerst du? Greif zu, 's ist echtes Gold,
Du magst's versuchen -- echt wie Kindesliebe —;
Denn meiner Tochter Ehre klebt daran!
Was willst du weiter, Narr?"
                                  Unheimlich rollt
Das Aug' des Alten; aus dem Hofe klingt
Der tolle Jubelsang des irren Mädchens. —
Und kalter Schauder packt den Waffenhändler,
Die Wuth verzerrt, die Rachgier sein Gesicht,
Dann faßt er rasch und preßt die Hand des Alten:
„Du wirst für deine Tochter sorgen, Vater;
Ich aber will sie rächen, mich und sie!"

„Du willst sie rächen, thöricht eitler Knabe!
Vermag der Wurm zu tödten, der sich krümmt,
Wenn fest und hart des Menschen Fuß ihn tritt?
Du willst dich an den Freund des Königs wagen —
Versuch es doch, ihn vor Gericht zu stellen!
Ward die Gerechtigkeit seit langen Monden

Nicht selbst zur Dirne, die sich dem ergibt,
Der ihr den goldgefüllten Beutel weist?
Sind unsre Richter nicht Geschöpfe Teitans,
Die seiner Huld das Amt, die Würde danken?
Du willst den Hund beim Hunde wohl verklagen? —
Ja, wenn mein Freund, wenn Ahasver dem König
Die Greuelthat berichtet, mag es glücken,
Das ist die letzte Hoffnung — ach, so nichtig,
Wie wenn ans eigne Haar sich klammern will,
Wer im Ertrinken ist. — Geh deines Wegs
Und sag ihm nichts! Wer weiß, ob nicht der König
Mit ihm und unserm Volk sein Spiel nur treibt
Wie jetzt sein Kanzler mit der Tochter Labans?"

Doch Kaleb sprach: „Ich brauche keinen andern,
Denn Saras Ehre muß auch meine sein!
Gib mir den Dolch, mit dem dein toller Wahn
Des Kindes Brust bedroht; — da sieh, er funkelt,
Er will das Herzblut meines Feindes trinken.
Dem Schurken werd' ich wie sein Schatten folgen;
Und wenn sich tausend Hände für ihn heben,
Der Feigling hinter Königsgunst sich birgt,
Es wird der Stahl den Weg zum Herzen finden.
Du hüt dein armes Kind in treuer Sorgfalt,
Aus deinen Händen werd' ich's wieder fordern!"

Er ging. In Labans Augen blitzt es auf,
Und grimmig zuckt die Lippe. „Geh, du Thor,
Du rennst in dein Verderben wie wir alle:

Wer hält mit starkem Arm den Blitzstrahl auf,
Der donnernd niederfährt und uns zerschmettert? —
O Gott, wie glücklich bist du, großer Rabbi,
Der du die Tage des Messias schaust!" —
Mit altem Krame ward die Thür verrammelt,
Dann griff er höhnisch nach dem Golde wieder
Und ließ es, Stück auf Stück, am Tische klingen.

Auf einmal wird es dunkel. Finster braut
Am Himmel das Gewölk, und Feuer fällt,
Lichtkugeln tanzen vor dem Blick des Alten,
In eine Flammengluth versinkt das All;
Der Rabbi läßt die Münzen zitternd fallen,
Ein dumpfer Krach: im Hof die starke Palme
Stürzt, tief ins Herz getroffen, splitternd nieder.
Und Blitz auf Blitz! Die Feuerschlangen zischen,
Die grünen Augen funkeln, aus dem Rachen
Weht gift'ger Qualm — doch jubelnd unter ihnen,
Das Auge weit geöffnet, steht die Kranke,
Sie hebt den Arm in toller Lust empor;
Durch all die Schrecken tönt ihr wildes Lied:

> „Im Hofe stampft der Rosse Huf,
> Ein Pfiff ertönt: das ist sein Ruf.
> Ich eile, Herz, ich eile!"

VII. Petrus.

Auf weichen Purpurkissen ruht der König.
Aus großen Silberbecken ihm zu Füßen
Entquillt der Wohlgeruch des Mekkabalsams
Und mengt sich sinnbetäubend mit dem Dufte,
Der von den Lippen der Lavendel strömt.
Um den Gebieter kauern üppig schöne,
Gluthäugige Gestalten: Lotosblumen
Vom Gangesstrom, die Rosen von Damaskus,
Die Messaline Roms und Hellas' Phryne.
Mit Nardenöle salbt der Huris Schwester
Des Herrschers Haar und Bart, und eifersüchtig
Bewacht ihr Auge jeden seiner Blicke.
Gedämpft erklingt der Schmeichelton der Laute,
Wie Silberglockenhall des Knaben Lied,
Der seines Königs Lob begeistert singt.

Der golddurchwirkte Vorhang theilt sich leise,
Der Kislar-Aga winkt der kecken Griechin:
"Im Königssaale harrt das Volk des Herrn,
Sein Feldherr hat den Hund von Rom gebunden
Vor seines Thrones Stufen hingeschleppt."

"Sag ihnen," flüsterte die schlaue Schöne,
"Der König bete für sein treues Volk,
Bald wird er kommen, seinen Feind zu richten."

Der Aga nickte lächelnd und verschwand.
Vor ihres Königs Lager sinkt die Griechin
Anbetend hin und neigt das stolze Haupt:
„Erhabner Herr, du goldner Stern des Lebens,
Im Staube harren dein die treuen Sklaven
Und bitten dich, du wollest gnädig jetzt
Den holden Strahl des Lichtes ihnen gönnen,
Der Trost den Treuen ist, ein Blitz den Feinden.“

Unwillig runzelt seine Stirn der König:
„Was stört ihr mich?“ Doch zärtlich legt die Huri
Die Lippen an sein Ohr und flüstert leise:
„Mein Herr und Gott, gebiete deinen Träumen:
Vom Christenhunde sprach der Kislar-Aga,
Heut soll dein Fuß der Schlange Haupt zertreten;
Der Papst von Rom erwartet dein Gericht!“

Da wandelt sich des Königs Wollust rasch,
Die gierig noch am schönen Weibe hing,
In Blutgier um, und grausam funkeln schon,
Wie nackter Stahl, die scharfen Adleraugen:
„Auf offnem Markte soll der Hund verenden!“
Der König ruft es und erhebt sich schnell.
Geschäftig hüllen ihn die zarten Frauen
In seidenweiche, wallende Gewänder
Und schmücken mit dem Diadem sein Haupt.
Auf seinen Wink zertheilt sich rasch der Vorhang,
Er nickt nur kurz der Schar der Fürsten zu,
Die das Geleit zum Königssaal ihm geben.

Wie sich am Himmelszelte die Planeten
Nach Rang und Größe scharen um die Sonne,
Von der sie Wärme, Licht und Kraft empfangen,
So drängten sich um ihre Lebenssonne
Die Würdenträger vor dem Thron des Königs.
Der Kanzler trat auf seinen Wink vor ihn:
„Den du gerufen, Herr, der Gouverneur
Der Ostprovinzen, wirft sich dir zu Füßen.“
Des Königs Auge ruhte finster drohend
Auf einem hochgewachs'nen, stolzen Mann,
Der vor dem Herrscher sich zum Gruße beugte,
Dann sich erhebend furchtlos seinen Blick,
Ein freier Mann, in den des Mannes tauchte.
Lang schwieg der König, finstrer ward die Wolke,
Die seine Stirn umzog, und dumpfe Stille,
Die Ruhe vor dem Sturm, erfüllt' den Saal.

Da kamen langsam, aus Granit gemeißelt,
Die harten Worte von des Königs Lippen:
„Du bist ein tapfrer Mann, Vezier des Ostens;
Es war dein Schwert ein arbeitsamer Knecht
In meinem Dienst, du hast den Stern Soters
Auf Buddhas letztes Heiligthum gepflanzt;
Bald aber bist du schwach und lau geworden
Und botest Frieden dem Mongolenfürsten,
Den lebend oder todt du bringen solltest.“

„Des Reiches Wohlfahrt weiht' ich meine Kraft,
Und klang dein Wort auch anders, glaubt' ich doch
In deinem S i n n zu handeln, wenn ich dir

Den überstarken Feind zum Freunde warb.
Was sollt' ich nutzlos deine Truppen opfern
Und einen Krieg entzünden, dessen Flamme
Verheerend auch dein eignes Reich ergriff?"

Doch finster dräut des Königs Blick und Miene:
„Wer sagt dir, Sklave, daß die Macht der Welt
Am tapfern Sinn der Meinen nicht zersplittert?
Ist nicht mein Geist um euch im Kampfgemenge?
Zum Frieden kam ich nicht; ich bring' das Schwert,
Und wer mir widersteht, der wird zermalmt.
Des Königs Wille sei der Welt Gesetz;
Du hast es frech verletzt, du sollst es büßen! —
Hinweg mit ihm! Legt ihm das Eisen an!"
Diensteifrig stürzte von des Königs Wächtern
Ein Dutzend sich auf den verlornen Mann;
Demüthig neigten sich der Großen Nacken,
Wie tief der Sturm den Eichenwipfel beugt;
Mit keiner Wimper zuckte der Vezier.
Da trat vor seinen König Ahasver,
Und seine Stimme bebte vor Erregung:
„Mit Ketten willst du, Herr, dem Treuen lohnen,
Der tausendmal sein Leben eingesetzt?"

„Ein kühnes Wort, beim Sterne dieses Reichs!
Du baust gar sehr auf deines Königs Gunst."

„Nicht deine Gunst, nur dein gerechtes Herz,
Das ruf' ich an: du sollst die Thaten wägen,
Die Opfer zählen, die der Mann dir brachte,

Dann wirst du, Herr, ihm statt der Eisenkette
Die goldne reichen!"
　　　　　　　　Zornig schaut der König:
„Ich brauch' das Opfer nicht, ich will Gehorsam,
Gehorsam, der nicht murrt und fragt und deutelt;
Denn wehe jedem, der zu trotzen wagt,
Ob Feind, ob Freund, sein Urtheil ist gesprochen!
Hinweg mit dem! Was ich gesagt, das bleibt. —
Welch andre Kunde bringt mir Ahasver?"

Des Juden Groll verraucht nur allgemach,
Noch klingt wie ferner Donner seine Stimme:
„Zehntausend Sklaven sandt' ich, leichte Beute,
Vom Abendlande heim; die Waare wurde
Zu guten Preisen hier und dort verkauft,
Und deine Kasse füllte der Erlös:
So war es dein Gebot. Den Alten aber,
Der hier gebunden steht, den führ' ich dir
Zur Augenweide vor, den abgedankten,
Verlass'nen Papst, den Hirten ohne Herde,
Der alten Schlange letztes, wundes Haupt."

Und vor den König ward der Papst gestellt.
Beschmutzt, zerrissen ist, mit Blut befleckt
Das rauhe Wollenkleid des greisen Hirten;
Statt mit der goldnen Krone hat der Spott
Sein Haupt mit einem Dornenkranz geschmückt,
Aus dem ein Kreuz aus Stroh zur Zierde ragt;
Gefesselt ist die Hand, Entbehrung hat

❦❦❦❦❦❦❦❦❦❦❦❦❦❦❦❦❦❦❦❦❦❦❦❦❦❦❦❦❦❦❦❦❦❦❦❦❦

Und Seelenqual an seinem Mark gezehrt. —
Mit Neugier schaut Sotér, mit Hohn auf ihn,
Ein spöttisch Lächeln zuckt um seine Lippen;
Doch ruhig, klar begegnet seinem Blick
Der greise Papst. Und aller Augen folgen
Mit fieberheißer Spannung der Entwicklung.
So schaute Trajans Rom erregt das Spiel,
In welchem waffenlos, verklärten Blicks
Ein Greis entgegentrat dem Wüstenkönig,
Von seinem scharfen Zahn als Weizenkorn
Zu reinem Himmelsbrod zermalmt zu werden.

„Ich freue mich," beginnt der König lächelnd,
„Der Christen großes Wunderthier zu sehen,
Den heil'gen Mann, von dessen Lippen stets
Auf fromme Dummheit Honig niederthaute.
Nun künde mir mit unfehlbarem Munde:
Was macht dein Gott, der Sohn des Zimmermanns?"

Mit ernster Würde spricht der Priestergreis:
„Er mißt die Bretter ab zum Sarg für dich."

„Ha, ha, nicht übel!" höhnt Sotér, „der Mann
Hat Mutterwitz."
                    „Er sprach ex cathedra!"
Fällt Teitan spöttisch ein. „Mein lieber Alter,
Die schöne Zeit ist leider längst vorüber,
Da sich ein gläubig Volk voll dumpfen Wahns
Im Staube wälzte vor dem Stuhl zu Rom
Und ängstlich harrte, bis ein Zornesblitz

Aus des Gewalt'gen Hand die Frevler lähmte; —
Du hast die Zauberkunst an mir geübt
Und mich verflucht: es lebt sich gut dabei!
Wann wirst du Feuer auf mich regnen lassen?"

Auf einmal ward es dunkel. Finster zog
Am Himmel das Gewölk, und Feuer fiel,
Lichtkugeln tanzten vor dem Blick der Männer,
In eine Flammengluth versank das All.

„Es droht dir heute schon, doch jetzt zur Warnung,
Und hörst du nicht auf diesen Gottesruf,
Dann ist des Mannes Schicksal, dem du dienst
In tollem Wahn, auf ewig auch das deine!"

„Nun hast du deinen Antheil," höhnt der König,
„Wer sich an alten Kesseln reibt, wird rußig. —
Doch du gefällst mir, Gottesmann; ich wollte
Das müde Haupt dir vor die Füße legen,
Allein voll Milde schlägt mein Herz für dich;
Ich üb' die Liebe, die du nur verkündest!
Wohlan, du Alter, hör mein letztes Wort
Und wäg es, eh' du sprichst, sorgfältig ab,
Dann leg dein Leben auf die zweite Schale:
Du hast der Jahre viel schon auf dem Nacken;
Das erste Dutzend täuschten andre dich,
Dann wardst du selber wissend zum Betrüger:
Von deinen Lippen floß die Christenlehre,
Dein Herz blieb kalt, es wußte nichts davon.
Mit scheuem Blicke folgte der Verstand

Dem Lichtgedanken, den die Wissenschaft
Mit kühner Hand vom Sternenzelte nahm;
Im Sumpf versank des Christenglaubens Irrlicht.
Doch heuchelnd trugst du noch vor allem Volke
Des Nazareners Maske; denn dir galt's,
Den stumpfen Blödsinn und des Pöbels Wahn
Als Piedestal der höchsten Macht zu nützen.
Du stiegst empor, dir winkte die Tiara;
Vor deinem Blicke lag die Welt geknechtet;
Indes die Zeit war schlecht für dich gewählt:
Der alte Riesenbau von Trug und Lüge,
Er mußte morsch in sich zusammensinken
Vor der Gewalt des Lichtes, das mein Stern
In all die dunkeln Tiefen siegreich strahlte.
Was soll die Maske noch? Verscheucht für immer
Ist von dem Angesicht der Welt die Nacht,
Mit der den Bund der Nazarener schloß.
Wo sind die Tempel, die mit Weihrauchwolken
Und heiserm Plärren deine Pfaffen füllten?
Wo sind sie selbst? Wo sind die Dummen noch,
Die Brust und Stirne mit dem Kreuz besudeln?
Die Wahrheit hat gesiegt: Ich bin die Wahrheit,
Mein ist die Welt! So wirf auch du von dir,
Was Trug und Wahn, und beug dich meinem Stern!"

„Du sollst die Wahrheit hören, Lügengeist,
Und deines Namens Räthsel will ich lösen:
Du trägst die Maske, Trug ist all dein Wesen;
Du nennst den Heiland dich, der hilft und rettet.

Und bist doch der Verderber und Zerstörer;
Du rühmst dich, Gottes Geist in dir zu haben,
Und bist die Wohnung nur des Höllengeistes.
In deines Stolzes Uebermaß bedrückten
Die Schranken dich, die dem Geschöpf gezogen;
Um sie zu sprengen, glaubtest du dem süßen,
Uralten Schmeichelwort des finstern Dämons
Und wähntest dich dem Weltenschöpfer gleich;
Da hast der Wahrheit du, dem Licht entsagt
Und mit der Nacht den dunkeln Bund geschlossen;
In deine Seele zog der Geist der Tiefe,
Dem Stolze wuchsen, der Begier die Schwingen,
Auf des Phantasten Flügelroß durchraste
Dein heißer Wunsch die weiten Erdenräume.
Jetzt trat vor dich -- wie vor den Herrn — der Satan
Und zeigte dir die Welt mit ihren Schätzen:
,Dies geb' ich dir, sofern du niederfällst
Und mich anbetest!' Und du fielst zur Erde!
Da baute dir des Teufels Faust dein Reich,
Sein Blendwerk nahm der Menschen Herz gefangen
Und zog es ab vom Leben, von der Wahrheit.
Du wähnst vernichtet schon den Gottesbau
Der Kirche Christi, der für alle Zeiten
Mit seinem Blut unlöslich ward gefügt;
Nur was da morsch war, konntest du zerstören.
Der Felsen steht und Gottes Haus auf ihm;
Du willst wie Lucifer zum Himmel steigen,
Mit deiner Schwäche Gottes Stärke trotzen;
Drum soll der Ruf aufs neue donnernd hallen:

‚Wer ist wie Gott?‘ — Mit seines Mundes Hauch
Wird Christus dich, den du verfolgst, der Starke,
Mit deinem Anhang in den Abgrund schleudern,
Ins Feuermeer, das Gottes Zorn dem Satan
Bereitet hat und allen, die dir dienen.“

„Die Lästerzunge reißt ihm aus dem Munde!“
Rief Teitan eifrig, da der König schwieg.
Nur mühsam lösten auf dies Zauberwort
Die Höflinge die schreckgelähmten Lippen:
„Ans Kreuz mit ihm, ans Kreuz mit dem Verruchten!“

Voll Würde wandte sich der Greis an sie:
„Der kann den Leib wohl tödten, nicht den Geist;
Drum fürchtet den, der euch mit Seel’ und Leib
Ob eurer Feigheit in die Hölle wirft!
Du, Frevler, hast“ — er wandte sich an Teitan —
„Noch zehnmal größre Schuld auf dich geladen:
An deiner Seele flammt, ein bleibend Merkmal,
Das Kreuz des Herrn, der Name des Dreieinen,
In welchem du getauft; es flammt an ihr
Das heilige, geheimnißvolle Zeichen,
Mit dem der Herr zum Hirten dich gesalbt;
Ein tapfrer Feldherr Christi, solltest du
Die Schlachten deines Gottes siegreich schlagen
Und mit dem letzten Tropfen deines Blutes
Den Schwur der Treue gegen ihn besiegeln;
Doch warst du todt vor Gott und seinem Engel,
Der trauernd stand im Heiligthum von Sardes;

Es ging dein Sinn nach Lust nur und Genuß,
Zum Sklaven deines Körpers ward der Geist;
Du haſt den Fluch geliebt, und Gottes Gnaden,
Die Diamanten, gleich unnützem Staub
Von dir gefegt: da fing der Herr, dein Gott,
Dich auszuspeien an aus seinem Mund;
Ein Judas ward aus dir, der Mensch der Sünde
Dein Busenfreund, das Laster deine Nahrung;
Vom Wein der Wolluſt trunken, rennſt du blind
Dem Abgrund zu, der dich verschlingen wird."

Ein Wuthschrei rang sich von des Kanzlers Lippen,
Er stürzte sich wie rasend auf den Papſt
Und schlug ihm mit der Fauſt ins Angesicht,
Daß hell das Blut von Mund und Nase quoll.
Und wieder bengten sich die Höflingsnacken,
Und lauter scholl der Ruf: „Ans Kreuz mit ihm!"
Vom schweren Hieb getroffen, taumelte
Der Papſt zu Boden, aber rasch umschlang
Des Juden starker Arm den schwachen Greis
Und hielt ihn aufrecht. Teitan sah's und knirschte;
Doch scharf und eisig bohrte sich das Aug'
Des Gegners triumphirend in das seine.

Wie dumpfes Grollen scholl des Königs Stimme:
„Die Narrheit hat sich in dein Herz gefressen,
Du greiser Thor! Du geiferſt wie der Hund,
Der räudig ward. Ich schenke dir das Leben, —
Denn allzu milde wär' ein rascher Tod,

Du sollst nur langsam, tropfenweise sterben
Und hundertfach die Qual des Todes dulden:
Ich gebe dich in meines Kanzlers Hand;
Du wetztest deinen Zahn an seinem Fleische,
Er wird die Mühe dir mit Zinsen zahlen!"

Des Tigers Blutgier sprach aus Teitans Blicken.
Doch Ahasver begann: „Ich denke, Herr,
Auf diesen Mann das erste Recht zu haben,
Ich wand den Strick, der seine Hände fesselt."

„Was ich gesagt," bemerkte stolz der König,
„Das bleibt bestehn. Ihr seid entlassen. Geht!"
Die Halle leerte sich; Sotér allein,
Umgeben von der Wache, blieb zurück,
In dunkle Pläne finster sich versenkend.

VIII. Die Gefangenen.

Am Himmel theilten sich die letzten Wolken.
  Der Boden dampfte; wohlig kühl durchströmte
Der feuchte Hauch die rein gefegte Luft.

Im Hofe harrte dichtgedrängt der Pöbel,
Mit Hohn und Spott den greisen Papst zu grüßen
Und am Gefangnen seinen Muth zu kühlen.
Doch, eingesprengt wie Gold in den Trachyt,
Bald einzeln, bald in Gruppen, standen ernst
Und scheinbar achtlos trotzige Gestalten.
Sie schienen Fremde, die der Müßiggang,
Die Neugier hergetrieben wie den Haufen;
Und niemand sah die heiße Gluth des Auges,
Die unter dem gesenkten Lide glomm,
Und niemand sah in ihrer Hand die Waffe,
Die sorglich sich im weiten Mantel barg.

Dem Fuchse gleich, der sich auf leichten Pfoten
Dem Hofe naht, wo muntre Hühner scharren —
Er birgt die Mordgier unter glatten Mienen
Und wedelt freundlich wie der treue Hofhund —,
So schlich um Thor und Halle des Palastes
Der Waffenhändler; mit vertrautem Nicken
Begrüßte Kaleb die bekannten Wächter,
Und harmlos ging er auf ihr Necken ein;

Doch zuckte manchesmal im Krampf die Rechte
Zum Gürtel nieder, wo das Messer stak,
Und spähend überflog sein Auge wieder
Den Porticus und seine Marmorbilder.
Da dringt aus dem Palast der Hall der Schritte,
Sie nähern sich, und auf die Schwelle tritt
Der greise Papst, umringt von Teitans Schergen.

Wenn eines Unberufnen kecke Hand
Das Volk der Bienen stört in ihrem Stocke,
Dann sammeln die Gereizten sich zum Angriff;
Mit drohendem Gesumm, in raschen Wirbeln
Umschwirren sie des Armen Haupt und Hand,
Mit giftgetränktem Stachel ihn verwundend:
So reißt der Anblick des gefangnen Hirten
Des Pöbels stumpfen Geist zum Wahnsinn fort;
Mit Johlen wird, mit tobendem Geschrei
Der Papst empfangen, drohend strecken sich
Die Hände der Megären nach ihm aus;
Mit Sand und eklem Abfall aus dem Kehricht
Bewerfen lose Buben sein Gesicht,
Und freche Dirnen spucken vor ihm aus.
Doch milde schaut der Papst, verzeihend nieder
Auf all den Pöbel, und die Lippe flüstert:
„Vergib, o Herr! und rechn' es nicht zur Sünde;
Die Armen wissen nicht, was sie beginnen."

Mit kaltem Hohn umfaßt des Kanzlers Blick
Das widerliche Bild, er grüßt nur leicht
Zur Menge hin und reizt mit Hand und Miene

Zu neuer Unthat die verrohten Herzen.
Voll Grimm betrachtet Ahasver sein Treiben,
Und wetterleuchtend zuckt es um die Stirne:
„Was soll die Scene noch? Sind das die Lorbeern,
Mit denen du vor unserm König prunkst?"
Verächtlich wendet Teitan sich von ihm:
„Was kümmert's dich? Mein eigen ist der Alte!"

Da schleicht an ihn, unhörbar wie die Schlange,
Der Waffenhändler lauernd sich heran.
In seiner Rechten blitzt der scharfe Dolch:
Ein rascher Stoß nach seines Feindes Herzen, —
Doch machtlos prallt er ab vom Schuppenpanzer,
Der festgefügt des Kanzlers Brust beschirmt.
Ein wirres Durcheinander folgt dem Angriff,
Aus Teitans Wangen ist das Blut gewichen,
Weit tritt das Auge vor: „Ergreift den Mörder!"
Wie wilde Hunde stürzen sich die Schergen
Und drängt der Pöbel auf den Waffenhändler,
Dem jetzt Enttäuschung Geist und Willen lähmt;
Und stöhnend bricht, aus hundert Wunden blutend,
Das Opfer vor des Kanzlers Fuß zusammen,
Sein brechend Aug' voll Haß auf ihn gerichtet.

Wenn nächtlich in der weiten Wüste sich
Das Leben regt, die Panther, von Hyänen
Gefolgt und Geiern, auf die Beute stürzen,
Dann dröhnt gewaltig wie des Donners Rollen
Des Wüstenkönigs Stimme durch die Nacht,

Mit raschen Sätzen kommt der Leu zum Mahl
Und ißt vom Tische, den ihm andre deckten.
So scholl ins wüste Toben übermächtig
Mit einemmal der Ruf der Kreuzesritter.
Von jäher Angst erfaßt, zerstob die Menge,
Mit scheuem Blick die starken Krieger streifend,
In deren Händen hell die Schwerter blitzten. —
Schon haben sie die Männer überrumpelt,
Die, träge Wächter, den Gefangnen führen;
Schon braust ihr Ruf zum Königssaal empor:
„Mit uns ist Gott!" — da lähmt der arge Schreck
Noch immer Hand und Fuß der Königsschergen. —
Doch ruhig lehnt, als acht' er nicht des Lärms,
An einem Marmorpfosten Ahasver.
Jetzt weckt des Kanzlers Wuth die Zaudernden,
Mit Kalebs Dolche stürzt er selbst voran,
Die Schergen nach mit wildem Ungestüm,
Und höhnisch folgt des Juden Blick den Kämpfern.

Der starken Mauer gleich aus harten Quadern,
An der die Kugeln wirkungslos zerschellen,
Hält kaum ein Dutzend Ritter löwenmuthig
Den ersten Anprall aus; indes die Brüder
Mit ihrer Beute hastig schon enteilen.
Vergebens spornt der Kanzler seine Leute,
Nur langsam weichen, Schritt um Schritt, die Ritter.
„Das ist dein Anschlag, Jude!" zischelt Teitan,
„Du hast des frechen Buben Hand bewaffnet
Und rührst dich nicht, da mir die Christenhunde

Den alten Schurken aus der Faust gerissen:
Ich werd' es dir gedenken, bald und bitter!"

Der Jude zuckt nur hämisch mit den Schultern:
„Was kümmert's mich? Dein eigen ist der Alte,
Schon lang begierig war ich auf die Wunder,
Mit denen du des Königs Feinde fängst!"

Der Kanzler wendet zornig sich von ihm,
Doch rauh erfaßt ihn noch des Juden Hand:
„Was dieser hier" — er weist auf Kalebs Leiche —
„Mit dir zu rechten hatte, weißt du besser,
Und wehe dir, wenn nicht die Ahnung trügt!
Vor diesen Christenhunden, sag dem König,
Soll sein gewalt'ger Kanzler länger nicht,
Die Maus vor einer Katze, sich verkriechen:
Ich will die ganze Brut noch heute fassen,
Dann wirst du wohl — der Alte thut mir leid —
Den Sklaven wieder an die Kette legen;
Der König aber messe meine Thaten
Und deine Wunder mit gerechtem Maß!"

„O sorge nicht, du wirst gemessen werden
Nach deinem Werth!" versetzt der Kanzler tückisch
Und geht. — Der Jude schaut ihm trotzig nach;
Jetzt winkt er Kossof, der ihm lange schon
Von ferne zugenickt, zu sich heran.

Rasch sammeln sie die besten Sklavenjäger
Und folgen leicht der Spur der Kreuzesritter.
So nahen sie dem Felsenthor von Hinnom,

Durch das ein Häuflein Ritter rasch verschwindet,
Indes die Schergen Teitans zaudernd halten.
Von ferne mahnt des Juden Stimme schon:
„Voran! Was zögert ihr? Wir sind beim Horst
Und holen uns die Teufelsbrut lebendig!"
Er ruft's und dringt mit Kossof in das Thal,
Vorsichtig hinter Busch und Felsen spähend.
Es zeigt sich nichts, des Todes Majestät
Entfaltet leise nur den Purpurmantel.
Nun, Fuß um Fuß, die Waffen stets bereit,
So schreiten sie dahin; — die Spannung wächst,
Als sie den steilen Pfad vor sich erblicken,
Der hart am Abgrund in die Höhe glimmt.

„Hier kann nur Mann für Mann ans Ziel gelangen,"
Begann der Jude; „wenn ein einziger
Von diesen Schurken auf der Schwelle lauert,
Sind wir verloren. — Doch es muß gelingen:
Ihr legt hier unten euch in Hinterhalt
Und lauert scharf auf jeden Laut dort oben;
Wenn Kossof uns die Felsenthür erschlossen,
So sendet eure Kugeln in die Mündung;
Das soll sie mir aus ihrer Höhle locken,
Dann sind sie mein!"

        Und Kossof stieg hinan;
Vorsichtig, Schritt um Schritt, gewann er schon
Des Felsens halbe Höhe; vor ihm ragte
Die Wand empor, rasch griff er nach dem Zacken:
Das Thor bewegte sich, die Schüsse krachten,

Aufstöhnend lehnte Kossof sich zurück
Und suchte sich am Dorngestrüpp zu halten,
Denn aus der Tiefe griff der Tod nach ihm.
Da rissen unter seiner Hand die Dornen:
Ein Schrei der Angst, und Kossof lag zerschmettert.
Doch hart und kalt ertönt' des Juden Wort:
„Was liegt an ihm? Wir brauchen ihn nicht mehr.
Noch eine Salve! Ha, das Nest ist leer!?"
Die Schüsse krachten, aber nur das Echo
Gab spottend Antwort auf die barsche Frage.

„Sie sind entflohen," knurrte der Enttäuschte,
„Die Höhle muß noch einen Ausgang haben;
Indes, sie sind nicht weit, drum folgt mir schnell,
Ein Dutzend nur verbleibt als Wache hier!"
Sie klommen rasch, doch sorgsam, in die Höh'
Und drangen durch das Thor; mit einem Windlicht
War bald der dunkle Gang zur Noth erhellt.
Kein Laut erscholl als ihrer Tritte Hall,
Und leise rieselte von allen Seiten
Das Wasser nieder durch die Felsenadern.
Nur zögernd schritten die Verfolger weiter,
Da flog verheißend, als sie rechts sich wandten,
Von weitem her ein Lichtstrahl durch den Gang,
Und leis, gedämpft, wie ferner Glockenton
Erklang von drüben eine fromme Weise.

„Jetzt sind sie mein!" so jubelte der Jude,
„Doch schießt nicht mehr, gebraucht die Schwerter nur,
Soweit es nöthig; lebend soll die Brut

In meine Hände fallen. Frisch darauf!"
Die losgelaff'ne Meute stürzte sich
Raubgierig auf die kleine Schar der Ritter,
Die, fromm vereint um Henoch und Elias,
Mit Psalmensang den grimmen Feind empfingen...
Sie lagen bald an Hand und Fuß gebunden
Vor Ahasver. „Ein beutereicher Sieg!
Ein Dutzend Krieger kaum, zwei stumme Hunde,
Dann dieses Weib, — das lohnte sich der Mühe!
Wo sind die Krieger, die den Papst geraubt?"
Er stieß Elias an.

     „Sie sind gerettet!"

  „Dem Sklaven Teitans gönn' ich wohl die Flucht. —
Doch mögen sie die Felsen all durchbohren
Und in der Erde Tiefen sich verbergen,
Ich werde sie dort auch zu finden wissen!"

  „Du wirst sie finden," sprach Elias ernst,
„Nur anders, als du glaubst."

      „Wer bist du, Hund,
Der Antwort gibt, bevor man ihn gefragt?"

  Elias schwieg. Ein Sklavenjäger rannt
Dem Führer in das Ohr: „Die beiden Alten,
Das sind die Wunderthäter und Propheten!"

  Im Aug' des Juden loht der Freude Flamme.
„Willkommne Kunde!" ruft er jubelnd aus, —
„Ja, nun erkenn' ich ihn, den derben Alten!
Der Fang hat höhern Werth, als ich gedacht:

Ich hab' mein Wort gelöst, mir wird der König
Den höchsten Preis nicht vorenthalten dürfen.
Und jetzt hinaus! Mich drängt's, mein Werk zu krönen.
Doch achtet scharf, daß keiner mir entkomme!"
Mit derben Stößen trieben die Verrohten
Die kleine Schar der Dulder vor sich her
Und schafften sie mit Hilfe der Gefährten
Den steilen Felsenpfad ins Thal hinab;
Nun ging es rasch voran, und als sie dann
Durchs Felsenthor beim Hiobsbrunnen zogen,
Stand leuchtend schon der volle Mond darüber,
Und drohend ragten rings die schroffen Zacken
Als Riesenwächter für das todte Thal.

❧❧❧

IX. Die Blutzeugen.

Auf weitem Markt ein vielgestaltig Leben,
    Ein brandend Meer, das schaumgekrönte Wogen
Bis an den Molo der Paläste rollt;
Und wie der brausende Choral der Fluthen
Ertönt das Stimmgewirr der Menschenmasse,
Die, durch den Zufluß aus den Hauptkanälen
Der Riesenstadt gestaut, noch höher schwillt.
Die Neugier glüht aus tausend Augensternen
Wie Wellenleuchten in dem Kielgewässer. —
Da dröhnt von ferne dumpfer Trommelschlag,
Trompeten schmettern hell, es ballt die Menge
Wie weicher Nebel dichter sich zusammen;
Auf flinken Rossen jagt ein Trupp von Drusen
Die Königsstraße her und bahnt dem Herrscher
Den schmalen Pfad gewaltsam durch die Massen.
Gleich einer Mauer hebt sich beiderseits
Die Menschenfluth, und unbeirrt gelangt
Der stolze Zug des Königs auf den Marktplatz;
Aufbrausend schießen hinter ihm die Wogen
Ins alte Bett und füllen rasch den Raum.

Auf einer reichgeschmückten Hochtribüne
Nimmt seinen Platz Sotér, um ihn gruppiren
Nach Gunst und Rang und Würde sich die Großen.

Ein breites Viereck vor der Balustrade
Wird von des Königs Garde freigehalten,
Die grünen Fahnen wehn, die Waffen blitzen
Im Morgenstrahl. Leutselig grüßt der König
Und nickt dem Juden zu, der seitwärts steht:
„Das hast du gut gethan, mein stets Getreuer!
Und gerne bieten wir dem wackern Volke
Den fast zu seltnen Anblick; Brod und Spiele,
Das bleibt doch stets das Losungswort der Massen!
Da sieh, es nahen schon die Dramaturgen,
Und wenn sie noch die Meister sind der Kunst,
So soll es mangeln nicht an Lohn und Beifall!"

Den freien Raum betreten finstre Männer,
Mit allerlei Geräthen schwer beladen,
In dunkelrothen, schmutzigen Gewändern;
Aus vorgequollnen Augen blitzt die Gier,
Es dehnen sich die muskulösen Arme:
Zum blut'gen Spiel bereiten sich die Henker.

Der König winkt, es öffnet sich ein Thor,
Und dicht umringt von einer Rotte Schergen,
Mit langen Eisenketten schwer belastet,
Gelangt die Schar der Dulder vor den Herrscher.
Der schaut sie grimmig an, es trinkt sein Herz
Der heißersehnten Rache vollen Becher.
In athemloser Spannung harrt die Menge,
Die ganze Seele drängt sich in das Auge.

Da wendet an Elias sich der König:
„Ihr habt euch lange meinem Grimm entzogen,
Doch packt ein fester Griff auch glatte Schlangen.
Wie hübsch die Kette deinen Hals umgürtet,
Ein seltner Schmuck fürwahr für seltne Freunde!
Nun, Alter, zeig uns eines deiner Stückchen,
Von denen mancher viel zu rühmen wußte,
Du hast ein dankbar Publikum vor dir.
Was? Sind die Wunderkräfte schon erlahmt,
Genügt das bißchen Kette, sie zu hemmen?
Ha, ha, so zeig dich uns, du Wundermann!"

„Das ist die Stunde," sprach Elias ernst,
„Da Macht die Finsterniß gewinnen soll.
Doch triumphire nicht zu früh, Verruchter!
Es öffnet ihren Rachen schon die Hölle,
In deren Sold du stehst, und schnaubt nach dir:
Drei Tage sind noch dein, drei kurze Tage,
Dann wehe dir und denen, die dir folgen!"

Und Henoch rief: „Wahnsinnig Volk der Menschen!
Wie zu des Noah Zeit vernimmst du nur
Den Lockruf der Verführer; ach, die Donner
Des allgewalt'gen Richters hörst du nicht:
Drei Tage noch, dann wird der Schreckliche
In seines Zornes Grimm das Unkraut roden
Aus seinem Acker und ins Feuer werfen! —
Was zögerst du, Tyrann? Wir sind bereit;
Des Meisters Stimme ruft die treuen Knechte!"

Es murrt das Volk, der König lacht verlegen:
„Euch ruft der Zimmermeister! Ja, du Narr,
Ihr sollt dem Meister folgen an das Kreuz!
Dem Schüler ziemt ja wohl des Lehrers Los!
Ihr andern mögt das Schauspiel euch betrachten;
Sind diese beiden, wie sich's ziemt, erhöht,
Dann schauen sie hinwieder eure Qual:
Ein jeder soll, was ihm gebührt, empfangen.
Ich gebe gutes Maß und lege gern
Für gute Freunde noch ein Quentchen zu."

Der König winkt; der Henker tritt heran:
„Nun walte deines Amtes, Mann, in Ehren;
Zur Rechten pflanz, zur Linken deine Bäume,
Hier sind die Früchte, die sie tragen sollen."

Frohlockend boten sich die Gotteszeugen
Dem Henker dar, und Henoch rief ihm zu:
„Sei mir gegrüßt, du Guter, der uns endlich
Mit dem vereint, an welchen wir geglaubt,
Den wir mit Herzensinbrunst lang ersehnt,
In dessen Liebe wir für immer ruhn!"

Die rauhen Kreuze waren rasch gezimmert,
Die Ketten den Gefangnen abgenommen;
Dann rissen ihnen rohe Henkerfäuste
Das Oberkleid vom Leib und warfen sie
Mit wildem Zuruf auf ihr Sterbelager;
Und schaurig dröhnten bald die Hammerschläge,

Mit deren Wucht die Henker starke Bolzen
Durch Hand und Fuß der Patriarchen trieben.
Mit rohem Ungestüme wurden jetzt
Die Kreuze hoch erhoben und befestigt.
Es ruhte schwer des Körpers ganze Last
Nur in den Wunden noch von Hand und Fuß;
Aus diesen Quellen rieselte das Blut
Zur Erde nieder, die begierig trank!
Die Dulder richteten den Blick nach oben,
Und keine Klage kam auf ihre Lippen,
Doch heiße Bitten stiegen himmelan.

Der König schwieg, und lautlos stand die Menge,
Hohnlachend trat der Kanzler vor und rief:
„Ihr Männer Gottes, steigt herab vom Kreuz
Und rettet euch und diese von der Qual,
Dann wollen wir auf eure Predigt hören.
Was zaudert ihr?" Und gellend klang sein Spott. —
Mit finstern Blicken steht in sich versunken
Der Jude dort, auf seiner Stirne brennt
Das düstre Mal; vor seinem Geiste rollt
Ein andres, halbverblaßtes Bild sich auf,
Es steht die Scene greifbar klar vor ihm:
Auf Golgatha das Kreuz, daran ein Mann
Mit einem Kranz von Dornen auf dem Haupte,
Und vor dem Kreuz er selbst, im Herzen Wuth,
Auf seinen Lippen Worte, wie sie jetzt
Voll Gift und Hohn aus Teitans Munde kamen;
Und diese Blicke, diese schmerzgetränkten,

Die, Pfeilen gleich, in seine Brust sich bohren! —
Voll Unmuth schüttelt er den Traum von sich,
Heut' kann er nicht ins Hohngelächter stimmen,
Und finstrer wird sein Blick.
               Der König sieht's:
„Mein Freund, was bist du plötzlich stumm geworden?
Ja doch, ich weiß, du sinnst als mein Berather,
Wie wir das Dutzend noch versorgen sollen:
Es liebt das Volk von alters her den Wechsel,
Ein schlechter Anblick wär' ein Wald von Kreuzen, —
Nur ist's nicht leicht, was Neues auszudenken;
Es haben wackre Männer schon vor mir
Die Scala der Torturen abgeleiert.
So magst du selber aus dem reichen Schatze
Der tausendjährigen Erfahrung wählen!"

Doch trotzig wendet Ahasver sich ab:
„Das Amt des Henkers steht dem Kanzler an,
In solchen Lagen zeigt er seine Größe."

„Dem beug' ich mich", versetzt der König spöttisch,
„Und muß mich ohne dich für jetzt behelfen."
Er winkt dem Schergen. „Reiß der Alten dort
Das Kreuz herab, das ihr am Halse schimmert,
Und wirf's hierher! Jetzt stellt die Christenhunde
Der Reihe nach vor dies Symbol der Dummheit,
Und wer es nicht mit Füßen tritt, der stirbt!"

Rasch wirft der erste Ritter sich zur Erde,
Die blassen Lippen preßt er fest aufs Kreuz.

„Hinweg mit ihm!" gebot der König rauh,
Und grausam funkelte sein heißer Blick:
„Erst Hand und Fuß, dann schlagt den Kopf ihm ab!"
Und so geschah's.
        Da rief der zweite Ritter:
„Verruchter Mörder, meines Bruders Blut
Ruft schon des Himmels Fluch auf dich herab,
Bald ist das Uebermaß des Greuels voll,
Und du versinkst im Pfuhle deiner Laster!"

    „Die Junge reißt ihm aus!" befahl der König,
„Dann spannt ihn auf das Rad!"
                        Und so geschah's.
Der Dritte sprach: „Dich grüß' ich, heilig Kreuz,
An dem mein Heiland sich für mich geopfert,
Du sollst mein Antheil sein in Ewigkeit!"

    „Das soll es sein!" rief ärgerlich der König,
„Nehmt dieses Kreuz und macht es glühend heiß,
Dann preßt es tief in seine nackte Brust,
Bis in die schwarze Seele tief hinein!"
Und so geschah's.
            Der König winkt dem Jüngsten,
Und scheinbar freundlich ruht sein Blick auf ihm:
„Mich dauert deine Jugend, schöner Knabe,
Nur ungern knickt man ein so zartes Reis.
Es stirbt sich schwer; du hast vom Schmerzensbecher
Noch kaum genippt, darum gedenk der Qual,
Die der Genossen Mark und Bein durchglühte:

Bald wird auch dich der Feuerbrand verzehren,
Wenn du dem Wahn des Kreuzes nicht entsagst.
Doch läßt du dich von meinem Wunsche lenken,
So wartet Reichthum deiner und Genuß;
Dein Leben wird, die Knospe, herrlicher
Im Strahl der Gunst zur Blüthe sich entfalten.
Du zögerst noch? — Du bist die Mutter, Greisin?
Ich seh's an deinem Blick; nun rath ihm du,
Doch rath ihm gut als Mutter! Merke wohl,
Am gleichen Faden hängt dein eignes Leben."

    Dem Sohne naht die Mutter; liebevoll
Umfängt ihr Blick die blühende Gestalt,
Dann flüstert sie: „Mein Kind, mein theures Kind!
Du stehst am Ziel, im Himmel warten deiner
Und ihrer alten Mutter schon die Brüder.
Sie winken uns, drum fürchte nicht den Henker
Dort auf dem Thron, sei deiner Brüder würdig!"

    Gerührt entgegnet ihr der junge Krieger:
„Was zweifelst du? Mein Erbe bleibt das Kreuz; —
Ich aß von Christi Fleisch und trank sein Blut,
Sie wurden meiner Seele Nerv und Sehne. —
Du höre, Mann der Lüge!" ruft er laut
Und wendet sich zum König, „Mann der Bosheit,
Erhebe dich in eiteln Träumen nicht,
Noch ist die Hand der Allmacht nicht verkürzt:
Du wirst ihr nicht entgehen! Was wir leiden,
Ist kurze Qual, und ewig währt der Lohn.

Mit Freuden sprengt die Puppe schon die Hülle,
Ein lichter Schmetterling entschwebt nach oben.
Doch deiner harrt ein Jammer ohnegleichen!"

Von seinem Sitze springt der König auf,
Des Zornes Geifer schäumt um seine Lippen:
„Wohlan, du Thor, du sollst in vollen Zügen
Vom Feuer trinken, das mein Grimm entfacht:
Sperrt ihm den Lästermund mit Keilen auf
Und gießt ihm langsam, tropfenweise nur,
Geschmolznes Blei als Minnetrank hinein!"

Die Henker üben grinsend ihr Geschäft,
Der letzte Blick des Jünglings trifft die Mutter. —
Da wirft sie sich auf ihn, es preßt die Lippen
Der heil'ge Mutterschmerz auf Mund und Stirne.
Nun flüstert sie: „Mein Kind, mein süßes Kind!" —

Der König schreit voll Grimm: „Was steht ihr lässig?
Der Alten hier und diesen Mordgesellen
Haut Hand und Fuß hinweg, dann schichtet hoch
Den Holzstoß auf und werft die ganze Brut,
Ob lebend oder todt, ins reine Feuer,
Damit es sühnend dieses Aas verzehre!"
Und so geschah's

           Als Scheit um Scheit entflammte
Und himmelan die heiße Lohe schlug,
Als sie mit lichtem Schein die Schar der Dulder,
Ein Abglanz der Verklärung, rasch umfing,

Erscholl wie Sturmes Brausen rings der Ruf:
„Groß ist der König, Heil und Ruhm Sotér!"
Und gnädig nickt der Herrscher.

              Doch vom Kreuze
Erklang so süß frohlockend Henochs Stimme:
„Den Himmel seh' ich offen; lichte Engel,
Erheben sich die Seelen unsrer Brüder
Zu Gottes Thron, wo Christus sitzt, der König,
Zur rechten Hand des Vaters. — Nimm auch mich,
Geliebter Meister, auf an deine Brust!"
Und Henochs Auge brach.

              Noch hing Elias
In schwerem Ringen mit dem Todesengel
Am Holz der Schmach. Jetzt sucht sein letzter Blick
Mit heißer Sehnsucht das verwitterte,
Wie von Granit gemeißelte Gesicht
Des stolzen Juden, und es fleht sein Herz:
„O Gott, dir schenk' ich meine Qual für ihn
Und für mein Volk. O gieße deine Gnaden
In vollen Strömen in ihr kaltes Herz,
Damit sie dich erkennen, ihren Gott,
Und den du sandtest, Christus, ihren König!"
Dann rief er laut: „In deine Hände, Vater,
Empfehl' ich meinen Geist!" — Sein Auge brach,
Und müde sank sein Haupt im Todesschlafe.

    Tief neigte sich der Kanzler vor dem König:
„Erhabner Fürst, dich grüßt dein treues Volk

Als sieggekrönten Herrn der weiten Welt.
Des letzten Feindes Mund ist schon verstummt,
Die Flamme deines Zornes fraß die Hunde,
Die sich mit stumpfem Zahn an dich gewagt.
Nun athmet niemand, der dir nicht gehuldigt,
Die ganze Welt liegt fromm zu deinen Füßen:
Wer ist dir gleich, an Macht und Ehren reich?"

Und donnernd scholl aus aller Mund das Wort:
„Wir haben keinen Herrscher außer dir!"

Des Königs Wink gebot der Menge Schweigen,
Mit stolz erhobnem Haupte stand er da,
Der Herr der Welt. Es hob und senkte sich,
Befreit von jedem Drucke, seine Brust
In rascherm Wellenschlag. Dann sprach er langsam:
„Mein treues Volk! Die Wahrheit hat gesiegt;
Verdunkelt oft von schwarzen Wetterwolken,
Die meinen Stern dem blöden Aug' verbargen,
Erklomm er siegreich endlich den Zenith;
Es füllt sein Licht den schrankenlosen Aether
Und leuchtet einem glücklichen Geschlecht
Zu neuem, schönerm Leben, zur Vollendung.
Ihr athmet froh in ewig grünem Lenze;
Der Frost des Winters und die Macht des Dunkels,
Sie sind gebrochen, und die schwer und lang
Mit Fluch beladne Welt ist nun entsühnt:
Sie trank das Blut der letzten Unterdrücker,
Was noch von Christen lebt und an dem Wahne

Des Nazareners hängt, es ist verfehmt,
Lebendig todt, so todt wie diese Schurken,
Die frech vom Kreuz herab das Licht gelästert,
Das euch erstrahlt. Drum sollen ihre Leichen
Den Schoß der heil'gen Erde nicht entweihen;
Am Holz der Schande mögen sie verwesen,
Der Geier ekle Nahrung, dir, mein Volk,
Zum Zeichen der Erlösung von der Knechtschaft,
In der Jahrtausende die Welt geseufzt!
Uns aber ziemt's, das Morgenroth der Freiheit
Mit frühlingsfroher Weihe zu begrüßen:
Vollendet ist das Werk auf Moria,
Der stolze Tempel, euer Heiligthum,
Vollendet mit dem Riesenbau des Reiches;
Und morgen sollt ihr mit den fremden Gästen
Aus aller Welt, die wir hierher beschieden,
Vor eurem Gott das Knie vertrauend beugen
Und seine Herrlichkeit vor Augen sehen!
Es wird ein Volk nur sein, ein Gott, ein König,
Und seine Herrschaft wird kein Ende haben!
Auch soll des neuen Reiches neu Gesetz
Euch kundgethan, der neue, volle Bund
Der Gottheit mit der Welt besiegelt werden,
Und selig jeder, der zu mir sich hält! —
Hier aber steht" — er wies auf Ahasver —
„Mein stets Getreuer, der mit starker Faust
Den letzten Rest der alten Brut erwürgte,
Der Freiheit euch vom letzten Zwange schuf.
Die Wünsche seines Herzens liegen offen

Vor meinem Blick: ich will die Treue lohnen,
Die vielerprobte, will die Thaten wägen
Und ihm den Siegespreis nicht vorenthalten,
Den er verdient, mit ihm sein Volk; denn jeder,
Der ausharrt bis zum Ende, wird gekrönt! —
Und wie du selbst, mein Freund, mit deinem Ruhm
Die ganze Welt erfülltest, soll die ganze
Nun Zeugin deines Hochtriumphes sein:
Wenn morgen die Gesandten aller Völker
Im Tempel sich zur Weihefeier rüsten,
Dann sollen staunend sie das Uebermaß
Der Huld erblicken, das dein König dir
Aus vollem Herzen zugemessen hat."

Des Juden Antlitz hatte sich erhellt,
Und lüstern sog sein Geist den Honig ein,
Der von des Königs Lippe niederthaute.

Wenn träge lang auf unbewegter Fluth
Die Barke liegt: die Segel hängen schlaff,
Kein Athemzug bewegt die dumpfe Luft;
Verzweifelnd starrt der Schiffer auf die Fläche,
Der müden Hand entsinkt das schwere Ruder;
Es hofft sein Herz nicht mehr, den Heimatshafen,
Das heißersehnte Ziel, noch anzulaufen:
Da plötzlich frischt die Brise lebhaft auf;
Die Hoffnung, schwellt mit starkem Druck die Segel,
Und leichte Furchen zieht im Wellenacker
Der schnelle Kiel — so schwellt des Königs Wort

Den schon erschlafften Muth des stolzen Juden;
Er reckt sich höher; freudig glänzt das Aug',
Und triumphirend trifft sein Blick den Kanzler,
Um dessen Mund ein spöttisch Lächeln spielt.

„Doch du, mein Volk," begann der König wieder,
„Das meines Kampfes Noth mit mir getheilt,
Du sollst mit mir den Freudenbecher leeren!
Die Brunnen hier am Markte werden euch
Drei Tage lang die besten Weine spenden,
Die leckrer Gaumen nur begehren mag;
Auch mögt ihr euch an Spielen und Gesängen —
So will es euer König — gütlich thun!"

Wie wenn der Bergsee, der die Dämme sprengt,
Die lang gestaute Fluth unwiderstehlich
Mit donnerndem Getös zu Thale sendet:
So brach der Menge Beifall stürmisch aus
Und wälzte sich, in hundertfachem Echo
Begierig aufgenommen, durch die Weltstadt.

„Dem König Heil! So redet nur ein Gott!"
Erklang es schmeichelnd an des Herrschers Ohr,
Der huldvoll grüßend mitten durch die Menge,
Die hocherregte, langsam sich entfernte,
Indes die Brunnen schon ihr Spiel begannen,
Und sinnbetäubend bald der Duft des Weines
Mit schwerem Dunst die Luft ringsum erfüllte.

Das wüste Trinkgelag entflammte höher
Die wilde Lust: sie ward zum Bacchanal;

Im tollen Reigen schwangen sich die Circen
Um den verkohlten Rest des Scheiterhaufens,
Um das Geräth der Henker, um die Kreuze.

Noch immer stand im stolzen Hochgefühle
Des nahen Siegs der Jude träumend dort;
Da weckt' ihn endlich unsanft das Gejohle,
Das trunkne Lallen der berauschten Menge,
Und angeekelt bis zum Grund des Herzens
Verließ er die Tribüne, dann den Markt
Und wandte langsam sich nach Labans Wohnung.

Doch wüster ward das Treiben auf dem Platze,
Wie wenn der Sud im Zauberkessel brodelt
Und flammend überschäumt: ein Durcheinander
Von Lust und Ekel, Gier und Raserei. —
Die Stunden gingen, toller ward der Lärm,
Schon senkten sich die Schatten auf die Greuel;
Vom letzten Lichte blieb der letzte Strahl
Am Kreuze noch auf bleichen Leibern hängen.

X. Der Greuel der Verwüstung.

Der junge Morgen schlug die scharfen Krallen
Durchs Nachtgewölk und stieg, ein Sonnenadler,
Auf leichten Schwingen zum Zenith empor.
Neugierig haftete sein blitzend Aug'
Auf Moria, dem stolzen Marmortempel,
Und auf der Menschengruppe, die sich lebhaft
Mit frohem Staunen auf dem Hügel drängte.

„Gepriesen sei der Herr, der starke Gott,
Der seinen Kindern Glanz und Ruhm verlieh!"
Rief Baruch aus, der Greis, die Hände faltend.
„Wo gibt's ein Werk, das diesem gleicht an Pracht?
Ich sah der Christenhunde stolze Münster
Und blickte staunend auf den Wunderbau,
Den Michelangelos Genie begann;
Doch hier ist mehr: die lichte Pracht des Tempels,
Den Salomon, der weise König, schuf,
Vermöchte kaum mit dieser sich zu messen.
Du sahst den alten Tempel, Ahasver,
In dessen Flammen unser Glück versank:
Gestehe nur, das theure Bild verblaßt
In deiner Seele vor dem Glanz des neuen!"

„Ja, meine Brüder!" jubelte der Jude,
Auf dessen Angesicht ein Leuchten lag

Von Glück und Sonnenschein wie nie zuvor;
„Was unser König schuf, es überragt
An Pracht und Schönheit alles Menschenwerk,
Das je mein Auge sah, so himmelweit
Als seines Reiches Größe die der frühern.
Seht diese Säulengänge, diesen Wald
Von Marmorstämmen, die den Außenhof
In siebenfachen Reihen fest umschließen:
Hier mögen sie, die nicht aus Jakobs Stamm,
Von f e r n e nur zum Gott der Juden beten;
Und wie dies Marmorgitter alle Heiden
Von der Gemeinschaft unsres Volkes trennt,
So soll für immer nun ein fester Damm
Des Königs Gunst von den Verruchten scheiden,
Die sich bisher um seinen Thron gedrängt! —
Jetzt stehen wir im weiten Hof der Frauen:
Hier wird die Blüthe Sions herrlich prangen,
Hier wirst auch du" — er wandte sich an Sara,
Die theilnahmslos dem Zug der Freunde folgte —
„Den Frieden finden für dein krankes Herz.
Ja, stütze dich auf meinen starken Arm,
Noch darfst du heut', bevor das Tempelhaus
Ein hehrer Segensspruch Jehovah weiht,
Ins Heiligthum den Blick der Neugier werfen."

Sie stiegen über fünfzehn Marmorstufen
Zum weitgestreckten Tempelhof hinan
Und traten durch ein reichverziertes Thor.
„Hier werden unsre Männer knien und beten,

Indes die frommen Priester und Leviten,
Geschieden durch dies goldgetriebne Gitter,
Den Brandaltar mit Opferblut besprengen.
Es wird der reine Rauch vom reinen Feuer
Versöhnend wieder hier zum Himmel steigen,
Aus Priestermund der hehre Psalm erklingen,
Des Himmels Huld dem Volke nahe sein."

Und Ahasver betritt den Innenhof;
Ein staunend Ah! entringt sich seinen Lippen;
Begeistert bricht die Schar, die langsam folgt,
In hellen Jubel aus, als sie vor sich
In goldnem Glanz das Tempelhaus erblickt.
Stolz ragen vor der hohen, breiten Halle
Zwei goldne Säulen mit dem Stern Soters,
Und staunend dringt das Auge der Entzückten
Durchs offne Thor ins hehre Heiligthum
Zum Rauchaltar und zu den goldnen Leuchtern
Bis an die Cedernwand des Hintergrundes,
Wo sich geheimnißvoll der Purpurvorhang
Herniedersenkt zum Schutz des Heiligsten.

„Fürwahr, es ist das Meisterwerk der Kunst,
Das ich geschaut in langen tausend Jahren,"
Beginnt in Jugendeifer Ahasver,
„Vor dieser Pracht, die alles Erdenschöne
Harmonisch eint zum wunderbaren Ganzen,
Vor dieser Kunst des Meißels und der Farben
Verblaßt des alten Tempels liebes Bild

Wie mattes Oellicht vor dem Stern Sotérs.
Doch lebhaft steht vor meinem Geist die Scene,
Da wir mit letzten Kräften, die der Haß
Und die Verzweiflung gaben, immer wieder
Die Adler Roms von diesem Platze scheuchten
Und unsern heil'gen Boden mit dem Blute
Der frechen Räuber und dem eignen tränkten.
Ein hundertfacher, hoher Wall von Leichen
Umschloß das Heiligthum, und hundertmal
Versuchten, stets umsonst, die Legionen
In wildem Ungestüm heranzudringen.
Da war's — noch schaudert's mich —, daß ein Soldat
Die Gluth der Fackel in den Tempel warf
Und, von Dämonen angefacht, das Feuer
In einer Lohe bis zur Decke schlug:
Ein Laut, ein Ruf entrang sich unsern Herzen;
Ach, hätte Gott nicht unser Volk verlassen,
Dann mußten unsre Thränen, unser Blut
Das Feuer löschen, das uns rings umgab.
Es war umsonst! In Asche fiel der Tempel,
Und seine Reste deckten meine Brüder,
Als sollte sich des Mannes Fluch erfüllen,
Den wir nach Gottesrecht aus Kreuz geschlagen. —
Nur mich, der ich ihn suchte, floh der Tod;
Wie der Prophet, so saß ich auf den Trümmern
Der heil'gen Stadt und weinte Tag und Nacht;
Ich schlich mich seufzend über Blut und Leichen
An diese Stätte: doch es war kein Stein
Vom Tempel auf dem andern mehr geblieben,

Ein Chaos nur von rauchgeschwärzten Blöcken
Und halbverkohltem Aas, dem Mahl der Geier.
Ich schrie verzweifelnd auf und floh von dannen;
Die Hand war lahm, mein armes Volk zerstreut,
Und auf den Trümmern wuchsen Dorn und Distel,
Die Gottes Zorn geschaffen, üppig fort
Ein halb Jahrhundert lang; dann kam der Römer
Und baute wie zum Hohne meines Volks
Den Tempel seines Götzen. Ach, vergeblich
Beschworen wir den Himmel um Erbarmung!
Nur einmal war's, als habe sich geöffnet
Sein ehern Thor, als sende der Erbarmer
Die Hoffnung wieder auf die Welt herab,
Da Julian, der Kaiser, uns gebot,
Das Heiligthum des Herrn hier neu zu bauen:
Es strömten meine Brüder von den Enden
Der weiten Welt mit frohem Muth herbei
Und brachten gern das Opfer ihrer Habe,
Viel Edelsteine, Gold und andres Kleinod,
Das sich vom Ahnherrn auf den Enkel erbte;
Schon keimte neues Leben auf dem Hügel,
Ameisenartig regte sich das Volk,
Bei Tag und Nacht erscholl der Spaten Klirren,
Des Meißels Bohren und der Schlag der Hämmer.
Die Frohne schien Genuß, die Mühe Lohn.
Doch ach, der Gott der Väter zürnte noch
Und schlug sein Volk mit doppelt scharfer Geißel;
Sobald wir nur die Marmorblöcke fügten
Und sie mit Eisenklammern fest verbanden,

Zerstörte rasch, was wir mit Schweiß begonnen,
Und unsre Hoffnung die geheime Kraft,
Die lauernd schlummert in der Erde Tiefen;
Der Boden schwankte heftig unter uns,
Und Feuerflammen brachen aus dem Grunde:
Vom Baue blieb kein Stein uns auf dem andern,
Und zitternd flohen wir. Die Christen höhnten,
Des Nazareners Wort sei Wahrheit worden,
Sein Fluch zur That; wir aber wußten's besser,
Daß unsre Schuld der Himmel nicht vergebe,
Bis des Messias Stern aus Jakobs Haus,
Die Sonnen überstrahlend, sich erhoben.
Nun endlich, Brüder, flammt sein lichter Schein,
Aus langer, dunkler Nacht der Hoffnungsstern,
Und sieh, schon steht in wunderbarer Pracht
Der Tempelbau, das Heiligthum des Herrn,
Und über Berg und Thal und Stadt und Land
Erschallt der Ruf: Das Gute triumphirt,
Die Wahrheit siegt, das tausendjährige
Gespenst der Nacht, des Nazareners Trug,
Der in der Wahrheit Maske sich gebrüstet,
Er ist entlarvt, vor aller Welt gezeichnet!"

„Du hast fürwahr dein Volk," erklärte Baruch,
„Ein zweiter Moses, aus dem Land der Heiden,
Aus der Verbannung Wüste heimgeführt
Und in der Kraft und Weisheit des Elias
Die Bahn geebnet für den Siegeszug
Des großen Königs. Dir verdankt dein Volk

Den Herrscher und den Tempel und die Heimat:
Drum sind wir eins mit dir, und was der König
An Ruhm und Gunst dir spendet, trifft auch uns!"

Rasch drängte sich Ben Isaak vor, der Händler:
"Vergiß auch meiner nicht, du großer Held,
Wenn seine Schätze, Gold und Diamanten,
Der König dir erschließt! Ich hab' den letzten,
Im Schweiß des Angesichts erworbnen Heller
Für ihn aufs Spiel gesetzt, und fast umsonst;
Nun darf ich wohl auf Zinseszinsen rechnen."

Doch Ahasver hört nicht auf seine Worte,
In stolzer Träume Wollust schwelgt sein Geist,
Die letzte Falte schwindet von der Stirne,
Der Jugend reines Feuer glüht im Aug';
Ihm ist, als gleite sanft von seiner Schulter
Mit einemmal der tausend Jahre Last,
Als woge durch sein Herz ein Meer von Jubel.

Da dringt mißtönend in die Freudenklänge
Der Irren Hohngelächter: "Ha, sie stieg
Zu hoch! Nun liegt sie tief im Staub! Ha, ha!"

"Sei stille, Kind!" ruft heftig Ahasver —
Gleich einem Dolchstich schmerzt ihr töricht Wort —,
"Sei still, du Gute: denn in deinem Herzen
Soll heut' der Freude Blume noch erblühen!
Ich will das Haupt des letzten Feindes treffen,
Aus deinem Munde soll des Kanzlers Tücke

Das Urtheil hören; heute darf der König
Die Sühne, die wir heischen, nicht verweigern,
Und mit dem Kanzler weicht der letzte Schatten,
Der unsres Glückes Sonne noch verdunkelt!"

Doch plötzlich hemmt der Donner der Kanonen
Von Sions Höhe Reden und Gedanken;
Trompeten schmettern prächtige Fanfaren,
Die Trommeln rasseln und die Fahnen wallen;
Schon füllt das Volk die niedrigsten Terrassen,
Und höher steigt die Fluth, schon wälzen sich
Die ersten Wogen in den Priesterhof;
Jetzt naht der König selbst mit seinen Großen,
Umringt von den Gesandten fremder Völker;
Sein blitzend Auge trifft auf Ahasver,
Und huldvoll lächelnd winkt er dem Getreuen.

„Freund Baruch, nimm das Kind in deine Hut,
Der Rabbi schloß sich grämlich vor uns ab,"
Versetzt der Jude rasch, „der König ruft, —
Ich seh' es als ein gutes Omen an,
Es taucht des Kanzlers freches Antlitz nicht
Wie sonst im stolzen Kreis der Großen auf:
Der Schlange ward der Giftzahn ausgerissen,
Der König aber hat, wie er's gelobt,
Des Herzens heißen Wunsch mir schon erfüllt."

Der Herrscher war ins Heiligthum getreten.
Ein Meer von Wohllaut wogte durch die Hallen;
Süß schmeichelnd stieg der Töne lichte Fluth

Und legte sich um Herz und Sinn der Menge,
Die bald den ganzen weiten Raum erfüllte.
Zwölf goldne Stufen führten zu dem Hochsitz,
Auf dem der König, nah dem Heiligsten,
Sich niederließ; die fremden Fürsten traten,
Sich tief verbeugend, ihrem Herrn zur Seite
Nach Gunst und Rang; dem Juden aber ward
Der nächste Platz am Thron zu seiner Rechten,
Und stolzer funkelte das Aug' des Alten. —
Der Sang verstummt, die vollen Orgeltöne
Durchrauschen noch wie Sturmesbraus den Tempel;
Doch leiser wird der Klang, wie sanftes Flüstern
Des lauen Abendwinds im Palmenhain,
Und bald entschlummert auch der letzte Ton.
Es hebt gespannt sich jedes Aug' zum König,
Der hochgebietend steht, der Herr der Welt,
In düstrer, unnahbarer Majestät.
Der König spricht: „Ich grüße dich, mein Volk,
Du neue Welt im neuen Gottesreiche!
Ihr seid willkommen, Fürsten und Veziere,
Die fromm das Feuer meines Sternes nähren
Im Nord und Süd, vom Morgen bis zum Abend!
Vollendet ist der Riesenbau des Reiches,
Vollendet ist der Menschheit großes Werk,
Der Zeiger weist der Erdenuhr auf Mittag.
Lang schlief die Welt, in Noth und Frost erstarrt,
Nun endlich springt die Knospe, prangt die Blüthe;
Gekommen ist mit Macht in Glanz und Farbe
Der ewig reine Frühling der Natur,

Das Blüthenalter der gereiften Erde,
Da die Natur sich auf sich selbst besinnt.
Jetzt soll der Schleier fallen von der Wahrheit,
Ich will sie herrlich all den Meinen zeigen
Im vollen Glanz der ungetrübten Reinheit:
Es gibt nur Einen Gott, und der bin ich;
Durch mich, den König Himmels und der Erde,
Hat die Natur ihr hohes Ziel erklommen,
Den ew'gen Kreislauf in sich abgeschlossen.
Der Tag erglänzt, die Finsterniß muß weichen
Und aller Irrthum; — wer den Tag nicht liebt,
Den wird das Feuer meines Sterns verzehren.
Ich hab' der Erde Thorheit lang ertragen,
Nun künd' ich Krieg den alten Lügen an,
Vom angemaßten Throne stürzt mein Arm
Die blöden Götzen eurer Phantasien;
Ihr sollt nicht mehr in dumpfem Sinn zum Himmel
Um Huld und Gnade flehn; du sollst, mein Volk,
Den Tempel nicht, den ich mir selbst erbaut,
Mit dem Gebilde deines Wahns entweihen.
Vor mir muß jedes Menschen Knie sich beugen,
Und wer mich anruft, darf Erhörung hoffen;
Gar nah ist meine Huld dem Flehn des Armen:
In diesem Tempel will ich Tag und Nacht
Auf jedes Rufen meines Volkes hören,
Nicht wie der Judengott im Wolkendunkel,
Nicht wie der Christus in der Brodsgestalt
Und wie der Pfaffen List es sonst ersann:
Du sollst, mein Volk, hier deinen Gott erblicken

In Fülle seiner Macht und Herrlichkeit;
Hier soll der Priester mir das Opfer bringen,
Des Widersachers warmes, zuckend Herz!"

Auf seinen Wink zertheilte sich der Vorhang,
Der von dem Heiligsten die Halle schied:
Auf hohem, goldenem Altare stand,
Aus Elfenbein von Meisterhand gefertigt,
Das Bild Soters in düstrer Majestät,
Stolz aufgerichtet, feuerüberfluthet;
Unheimlich klang es von des Bildes Lippen
Wie von des Abgrunds Tiefen dumpf herauf:
"Ich bin dein Gott, du sollst vor mir allein
Anbetend knien, mir dienen und gehorchen!"

Der Vorhang schließt sich wieder, Teitan tritt
Im Priesterkleide mit dem Weihrauchbecken
Vor seines Königs Thron und beugt sich tief.
Ein Schrei ertönt, der Irren Stimme gellt
In Qual und Lust, sie drängt voll Hast nach vorn,
Doch fester packt sie Baruch bei der Hand;
Da löst sich in der Menge die Verwirrung,
Erst rufen wenige, dann aber braust
Wie Wogensang der Beifallsruf der Massen:
"Sei hochgepriesen, unser Herr und Gott!"

Hohnlachend schaut der König auf den Juden,
Der ohne Regung, wie zu Stein erstarrt,
Mit leerem Blick an seiner Seite steht.
"He, Freund, was zögerst du? Die Fürsten harren

+++

Des Augenblicks, um mir zu huldigen;
Ich aber will um deiner Thaten willen
Vor allen dich, mit dir die Deinen lohnen:
Ihr sollt zuerst die Kniee vor mir beugen,
Und als mein auserwähltes, treues Volk
Zuerst das Opfer meiner Gottheit bringen."

Der Jude schweigt; in tausend Splittern liegt,
Vom jähen Blitz gespalten und versengt,
Die stolze Rieseneiche seiner Hoffnung.

Ermattet schleppt der Mensch den müden Fuß
Im glühend heißen Sand der Wüste hin.
Die Tropensonne saugt an seinem Blute,
Nach einem Tropfen Wasser lechzt die Seele,
Doch schaut sein vorgequollnes Auge nur
Den unbegrenzten Ocean von Sand.
Schon bohrt sich die Verzweiflung in sein Hirn,
In seinen Ohren tönt wie Donnerschlag
Das ungestüme Brausen seines Blutes.
Ha, sieh, in letzter Stunde löst ein Wunder
Das Dunstgewebe vor dem Blick des Wand'rers:
Vor dem entzückten Auge breitet sich
In jugendfrischem Grün die Landschaft aus.
Zu sanfter Ruhe ladt der Palme Schatten,
Und silberglänzend sprudelt eine Quelle,
Das weite Becken bis zum Rande füllend.
Ein Wonneruf, ein selig Jauchzen ringt
Sich aus dem Herzen, von der Lippe los;
Vergessen ist die lange Todesqual,

Verschwunden Noth und Mühe, freier hebt
Und weitet sich die Brust, von Muth geschwellt;
Es stählt die Hoffnung den beschwingten Fuß,
Das Auge trinkt in nimmer satten Zügen
Den nahen Anblick der ersehnten Labung. —
Doch wenig Schritte thut er hastig kaum,
Und schon zerrinnt vor dem entsetzten Blick
Das Wahngebilde rasch in leeres Nichts,
Nur höhnisch grinsend hebt sich aus dem Dunst
Die Truggestalt der Wüstenfee vor ihm;
Sein Herz steht still, und die Verzweiflung preßt
Mit doppelter Gewalt die Brust zusammen:
Er sinkt zu Boden in sein Grab von Sand.

So bricht mit einem Schlag die ganze Welt,
Der stolze Riesenbau der Phantasien
Im Herzen Ahasvers vermorscht zusammen,
Und der Verzweiflung Starrkrampf lähmt die Glieder;
Doch innen glüht und tost ein wildes Feuer,
Wie wohl in Aetnas Tiefen, wenn die Laven
Im Kraterschlunde bis zum Rand sich heben. —
Schon hebt die breite Brust, der Athem keucht,
Auf seiner Stirn erscheint das rothe Mal,
Das Auge rollt, ein leises Zittern geht,
Ein heftig Zucken durch den ganzen Körper.

Dann springt er auf und stürzt mit heiserm Ruf
In einem weiten Satz auf Teitan nieder,
Entreißt das Weihrauchbecken seiner Hand

Und schlendert es hinweg; jetzt heftet er
Die finstern Augen drohend auf den König:
„Das also war dein letztes Ziel, Verruchter,
Du machst dich selbst, den Erdenwurm zum Gotte!
Ha, ha! — Und darum floß aus unsern Kästen
Des Goldes Strom, das Blut aus unsern Adern!
Und darum nannten wir dich den Messias!
Ha, ha, du Gott!"

       Auf einen Wink des Kanzlers
Ergreift des Königs Wache den Erregten,
Doch übertönt sein Zornesruf den Lärm
Der wildbewegten Menge, die sich rasch
Nach Meinung und Parteiung theilt und sammelt.
Wahnwitzig schreit und tobt der finstre Jude:
„Du nennst dich Gott und faselst von Natur,
Die nun in dir zur vollen Einsicht kam,
Daß Lehm und Staub die wahre Gottheit sei!
Mit Taschenspielerkünsten willst du mir
Der Narrheit Hirngespinst als Wahrheit bieten;
Wir sollen unsrer Väter Gott verläugnen,
Den ewig hohen, unbegriffnen Herrscher
Mit dem Gebild von Stolz und Lüge tauschen!
Gewiß! im Heucheln warst du stets so groß
Und dieser Schurke da dein würd'ger Priester.
Wir aber waren blind und taub und thöricht
Und ich der blinde Führer dieser Blinden!"

   „In meiner Langmuth hab' ich lange nicht" —
Des Königs Stimme schallt wie Donnerrollen —

„In deiner Thorenrede dich gestört:
Das ist der Lohn für das, was du gethan;
Jetzt sind wir quitt; — und deutlich zeigt sich mir,
Daß du gleich deinem Volk in Trotz verhärtet
Und in der Keckheit großgewachsen bist.
Wo bleibt denn euer Gott, vor dem ihr Narren
Viel tausend Jahr' im Staube liegt und winselt?
Er komme doch, sein göttlich Recht zu weisen!"

„Er wird erscheinen wie der jähe Blitz,"
Rief Ahasver, „und dich mit deinem Anhang
Zu Boden schmettern und dein Reich vernichten!"

„Du redest frech, wie Christenhunde knurren:
Du saßest ja so lang in ihren Schulen."

„Euch ruf' ich auf," er wandte sich zum Volk,
„Euch, meine Brüder, und die guten Willens
Vor diesem Moloch nicht die Kniee beugen,
Euch ruf' ich auf zum Kampf für Gott und Freiheit,
Für das Gesetz, für Tempel und Altar:
Wir wollen siegen oder mannhaft sterben!"

Zum kühnen Führer drängten sich die Juden,
Der greise Baruch und die andern Freunde:
Und eng geschlossen stellten sich die Drusen
Um ihres Königs Thron; gleichgiltig blieb
Die große Masse, nur der Auswurf schrie,
Noch trunken von dem wüsten Zechgelage:
„Die Juden weg! Der König sei gepriesen,
Wir wollen keinen andern Gott als ihn!"

Doch Sara war des Führers Hand entronnen
Und warf sich jubelnd vor des Kanzlers Füße:
„Nimm mich, Geliebter, nimm mich an dein Herz!"
Der aber stieß die Flehende zurück.

„Das ist dein Opfer, Mörder!" schrie der Jude,
„O Gott im Himmel, gieße deinen Fluch
Auf die Verworfnen aus in vollen Strömen
Und nimm mein Leben für mein armes Volk,
Daß meine Blicke nicht sein Elend schauen,
In das ich es geführt, ein blinder Führer,
Von List und Trug der Hölle ganz umgarnt!"

Der König schweigt, und ein satanisch Lächeln
Umspielt den Mund, er schaut dem Juden lang
Ins Feueraug', dann streckt er seine Hand
Nach ihm und spricht: „Du sollst nicht sterben, Alter,
Denn was du jetzt erflehst von deinem Wahngott,
Ich geb' es gerne dir: sei blind hinfort!"
Des Königs Rechte fährt ein paarmal rasch
Vor seinen Augen hin: ein heißer Schmerz
Durchzuckt sie jäh; nun sind sie starr und glanzlos,
Aus tiefen Höhlen blitzt kein lichter Stern,
Und hilflos tastet Ahasver um sich.
„Es soll dein Auge nicht das Licht des Tages
Und meines Sternes Zauberglanz erblicken;
Du sollst das Elend deines Volks nicht s e h e n ,
Doch h ö r e n sollst du seinen Jammerschrei,
Sein kläglich Winseln, seinen letzten Seufzer,
Wenn es vor mir sein Knie nicht beugen will.

Sie sollen dich verachten und verfluchen,
Auf dich, als ihres Unglücks Quelle, spucken:
Erst mit dem letzten Juden stirbst auch du!
Denn das ist mein Gesetz des neuen Bundes:
Wer auf der weiten Welt zu mir nicht betet,
Zu seinem Gott, und mir nicht Opfer bringt,
Soll mir zur Sühne selbst zum Opfer werden!
Nicht Kleidung darf, nicht Speis' und Trank empfangen,
Wer meinen Namen nicht als den der Gottheit
Mit meinem Stern an seiner Stirne trägt.
Auf offnem Markte wird der Richter sitzen;
Wer meiner Widersacher einen nennt,
Erhält die Hälfte von dem Gut des Argen;
Wer ihn versteckt, der theilt die Todesstrafe.
Doch der Getreue wandelt immerfort
Im hellen Sonnenscheine meiner Gunst. —
Und nun hinweg aus meinen Augen, Hunde!
Bis morgen habt ihr Frist zur Huldigung,
Dann wird der Henker euch zum Tanze spielen, —
Hinweg von mir!"
                    Da fühlt der alte Jude
Die weiche Rechte Saras in der seinen
Und hört ihr Flüstern: „Komm, ich will dich führen,
Du blinder Mann, weit fort, weit fort, ha, ha!"
Der Blinde folgt der Irren, ihm die Freunde.
Hohnlachend schaut der König auf den Zug:
„Dies ganze Pack ist blind und wahnbethört!
Es nennt sich stolz das auserwählte Volk
Und dünkt sich eine bess're Menschenrasse,

Von edlerm Lehm geknetet als ihr andern;
Wohlan, der Tag beginnt, an dem die Schurken
Der ganzen Welt ein Schauspiel werden sollen;
Ich will den Fuß auf ihren Nacken setzen
Und nicht mit Geißeln, nein mit Skorpionen
Sie bis zum letzten Athemzuge quälen;
Ich will den zähen Strunk mit seinen Wurzeln
Aus unsrer Mutter heil'gem Boden reißen
Und bis zur letzten Faser ihn verbrennen!"

Im Aug' des Königs glüht ein wildes Feuer,
Der Kanzler beugt sein Knie vor ihm und ruft:
"Gerecht ist dein Gericht, o Herr und Gott!
So mögen alle Feinde deines Namens,
Und die nur halb und lau dir dienen wollen,
Die volle Schale deines Zornes trinken!"

Der König winkt ihm gnädig, dann beginnt er,
Zu seinen Großen und dem Volk gewendet:
"Ihr aber, weise Fürsten und Veziere,
Die sich gesehnt, mir huldigend zu nahen,
Euch neigt sich liebreich Ohr und Herz des Königs.
Es beugt die Welt in euch ihr Knie vor mir:
So kündet denn der ganzen weiten Erde
Wie treue Diener eures Gottes Satzung!
Ich geb' euch Macht, zu lohnen und zu strafen,
In eurer Hand liegt Leben oder Tod;
Doch denket ernst daran in jeder Stunde,
Daß über euch ein strenger Richter wacht,

Vor dessen Aug' die Herzen offen liegen,
Der die Gedanken liest von eurer Stirn
Und jede Lauheit mit Verwerfung straft! —
Und du, mein Volk, du Kern des neuen Reiches,
Du magst die Furcht und Sorge von dir werfen
Und deine Brust im Meer der Wonne baden,
Ich will mir in ein Paradies der Lust
Die treue Hauptstadt meines Reichs verwandeln:
Nicht Mühsal soll und Leiden dich bedrücken,
Der Arbeit Schweiß dein Antlitz nicht beflecken:
Dein Leben sei hinfort ein Feiertag,
Ein ewig heitrer Lenz, auf dessen Bäumen
Nicht Blüthen nur, auch Früchte herrlich prangen;
Was Aug' und Herz erfreut, was deine Neigung
Ins Ohr dir schmeichelt: Liebe, Lust, Genuß
Und Glanz und Ruhm, sie werden dir in Fülle!"

Wie schauriges Geheul der Bestien,
Die gierig springen nach dem Klumpen Fleisch,
Den hoch durchs Gitter eines Wärters Gabel
Den halb verhungerten zum Fraße reicht:
So schallt der Beifallsruf der Pöbelmasse,
Die, trunken noch, im Rausch der Leidenschaften
Mit gleicher Gier nach neuer Lust verlangt.

Und als der Purpurvorhang sich zertheilt
Und am Altar das Bild Soters erscheint,
Da wirft die Menge schreiend sich zu Boden
Und ruft: „Sei hochgepriesen, Herr und Gott!" —

Die Fürsten folgen, nicht zu gern, dem Beispiel,
Doch hilft des Königs scharfes Auge nach,
Die steifen Rücken tief herabzubeugen. —
Ingrimmig lacht er nun in sich hinein
Und schaut verächtlich nieder auf die Masse,
Die sich am Boden krümmt; er selber steht
Hoch aufgerichtet, feuerüberfluthet,
In düstrer Majestät, der Geist der Tiefe.

XI. Auf Irrwegen.

Vom Tempelberge stieg die Judenschar,
    Gefolgt von Teitans Spähern, düster brütend,
Die Schultern tief gebengt von schwerer Last;
Die Zähne knirschten, und zuweilen drang
Ein tiefer Seufzer aus bedrängter Brust.
So harrt die Herde, deren Hirt geschlagen,
Sich aneinander pressend, ängstlich athmend,
Der mordgewohnten Räuber, die voll Gier
Die waffenlosen Opfer schon umkreisen.

„Ich hab's vorausgesehen," flüsterte
Ben Isaak in das Ohr des greisen Baruch,
„Wer täglich um das Seine kämpfen muß,
Des Auge schärft sich bald; ich hab's gesagt,
Der König meint's nicht ehrlich mit uns Juden!
Und daß sich Ahasver betrügen ließ
Von glatten Mienen und ein bißchen Lob
Und Heuchelei, — man kann es kaum begreifen."

Der andre nickte nur, dann sprach er leise:
„Die Zeit ist schwer; wohin wir schauen mögen,
Kein Hoffnungsstern, der uns den Ausgang zeigt.
Wie sich Antiochus an unsern Vätern,
So wird sich der Tyrann an uns versuchen

Und uns den Becher seiner Galle reichen.
Doch wer steht heute noch so stark und fest
Gleich Eleazar zum Gesetz des Herrn?"

„Ich bin bereit, in Qual und Tod zu gehen;
Ben Isaaks Namen wird noch spät der Enkel
Bewund'rungsvoll mit dem der Besten nennen.
Ich zittre nicht! O wären alle Brüder
Gleich mir und dir im Glauben festgewurzelt,
So könnten wir uns wie die Makkabäer
Zum Kampf für Freiheit und Gesetz erheben.
Doch leider sind der Unsern viele schwach,
Und manchen mag die Habsucht auch verlocken,
Um schnöden Lohn die Brüder anzugeben;
Es darf der Freund dem Freunde kaum vertrauen,
Am besten fährt, wer sich von allen trennt!"

„Ich denke nicht so schlecht von unserm Volk,"
Entgegnet' streng der Greis; „ja, dem und jenem
Mag freilich des Verräthers Rolle passen" —
Mißtrauisch sah er den Gefährten an —,
„Es sind nicht viele, die für Geld und Gut
Der Seele Seligkeit verkaufen wollen."

„Du wirst's ja sehen," flüsterte Ben Isaak,
„Und meiner Warnung dich zu spät erinnern."

Der Marktplatz ward erreicht. Noch immer schritt
Die Kranke mit dem Blinden rasch voran,
Ihr Blick war unbeweglich in die Ferne
Nach einem unsichtbaren Ziel gerichtet,

Das doch so deutlich vor der Seele stand.
Die Freunde machten Halt und blickten ängstlich
Auf das Geräth des Henkers und die Kreuze,
Die drohend ihren Arm nach ihnen streckten.
Gleich einer Schlange wand sich eisig kalt
Das Grauen an Ben Isaaks Leib empor
Und schnürte Brust und Kehle fest zusammen;
Ein Zittern lief durch seinen ganzen Körper,
Rasch zog er seine Hand aus Baruchs Arm.
„Das Fieber kehrt mit neuer Kraft zurück,
Schon schüttelt mich der Frost. Gott schütze dich!"
Ben Isaak sprach's und lief, so rasch er konnte,
Wie das vom Tod gerittne Pferd von dannen.

„Der Hase läuft!" Verächtlich folgt' ihm nach
Des Alten Blick. „Wenn einer zum Verräther
An unserm Volke wird, ist's dieser Feigling!"
Jetzt wandt' er sich nach seinen Brüdern um,
Die gruppenweise noch beisammen standen;
Der Blick aufs Kreuz und auf die Leichen hatte
Das Fesselband der Zunge rasch gelöst.
Und Baruch sprach: „An Widerstand zu denken,
Ist thöricht wie die Hoffnung auf die Flucht:
Zu gut berechnet hat von langer Hand
Der König diesen Schlag, wir sind uneinig,
Dahin und dort zerstreut, uns fehlt der Führer —
Denn Ahasver ist bis zum Tod getroffen —;
Wir können dulden nur und aus der Tiefe
Der Noth und Qual zum Allerbarmer rufen."

„Was nützt das Beten noch, wenn der da droben
Sein Ohr verstopft?!" fiel Samuel ihm trotzig
Ins weise Wort; „vom Hoffen und vom Harren
Sind unsre Väter schon zu Narren worden:
Wir hofften auch und wähnten die Befreiung,
Des Gottesreiches Blüthenpracht gekommen,
Nun sind wir schlimmer als die Väter je
Getäuscht, genarrt: ich geb' es auf, zu hoffen."

Und Abiron, der junge, rief: „Ha, seht,
Was eure Satzung nützt und Ueberlief'rung!
Wer klärt euch auf, wo Recht und Wahrheit ist?"

Gar viele stimmten bei. Der Alte nickte:
„Für immer scheint der Himmel uns verschlossen,
Und keines Sehers Lippe zeigt uns heute
Den schmalen, sichern Pfad aus dem Verhängniß.
Doch lebt da droben noch der alte Gott,
Nur fürcht' ich, daß wir ihn auf falschem Wege
Bisher gesucht... Drum flehe jeder still
In seines Herzens Kämmerlein zum Himmel
Um Trost und Kraft, um Beistand und Erleuchtung.
Gott sei mit euch, Gott schütz' euch, liebe Brüder!" —
Sie trennten sich, gequält von bangen Zweifeln,
Die immer tiefer in ihr Herz sich fraßen.

Die Späher Teitans hielten flüsternd Rath.
„Sie mögen gehn," erklärte rasch der Führer,
„Ich wette, was ihr wollt, von diesen Schelmen
Wagt keiner heute sich aus seinem Bau,

Kein Jude läßt, und gält' es auch das Leben,
Sein Geld im Stich, — und morgen sind sie mein!
Was sollen wir der tollen Lust entbehren,
Die heute hier den Reigen wieder schlingt?
Hört ihr den Lärm, das trunkene Gejohle?
Sie kommen schon, wir wollen sie begrüßen!"

„Ich stimme bei, der König sprach ja selber
Von einem Feiertag: wir feiern ihn!
Und weil er keck zum Gotte sich befördert,
So ziemt es uns, den stets getreuen Knechten,
Des Herzens Jubel allem Volk zu künden."

„Ob König oder Gott, ich frag' den Teufel
Nach seinem Titel, wenn die Brunnen nur
Auch heut' ein trinkbar Naß zu Tage fördern
Und hübsche Mädchen mir zum Tanze folgen!"

Schon wälzte sich vom Berg lawinenartig
Mit heftigem Getös der Pöbelhaufe
Dem Markte zu, schon sprangen auch die Brunnen,
Und sinnbetäubend stieg der Duft des Weines,
Mit schwerem Dunst die Luft ringsum erfüllend.
Das wüste Trinkgelag entflammte höher
Die wilde Lust: sie ward zum Bacchanal,
Im tollen Reigen schwangen sich die Circen,
Und wüster noch als gestern ward das Treiben:
Wie wenn der Sud im Zauberkessel brodelt
Und flammend überschäumt: ein Durcheinander
Von Lust und Ekel, Gier und Raserei. —

Vom Berge rauscht in tausend Windungen,
Bald überschäumend in der Hast der Jugend,
Bald träg und langsam, in das Thal der Bach.
Vergebens tritt ein Fels ihm in den Weg,
Der Tümpel öffnet seinen Schlund vergeblich,
Er rauscht dahin, an Burg und Stadt vorbei;
Die Rebenhügel spiegeln sich in ihm,
Ein weites, reiches Land umfängt ihn freundlich:
Er rauscht dahin; er kennt nicht Weg noch Ziel
Und kommt doch heim, dem dunkeln Triebe folgend,
Den das Gesetz der Schöpfung ihm verlieh.

So zog die Kranke planlos durch die Straßen
Und durch das Thor ins Thal und in den Wald
Und weiter, immer weiter, ohne Pfad
Und ohne Ziel im dunklen Drang des Geistes,
Und willig folgte, schweigend ihr der Blinde.
Sein Herz war übervoll, er ging dahin —
Und wußt' es nicht, schlafwandelnd, traumbefangen;
Es strauchelte sein Fuß an Stein und Wurzel,
Er stieß an Bäume, starke Zweige schlugen
Ihm ins Gesicht und strählten seinen Bart;
Er fühlt' es kaum, nur vorwärts trieb es ihn
Und immer rastlos weiter bis dahin,
Wo keines Menschen Aug' sein Elend schauen,
Die Schmach ihm von der Stirne lesen könnte,
Und wo er vor sich selber Ruhe fände.

Da plötzlich hielt das Mädchen bebend an,
Vor ihren Augen stieg mit Thurm und Zinnen

Das Felsenschloß des Kanzlers in die Lüfte.
Wie wenn in dunkler Nacht ein jäher Blitz
Die schauerliche Bergesschlucht erhellt,
So trat mit einemmal, was ihr geschehn,
Bei diesem Anblick vor die kranke Seele.
Sie sah sich an der Seite des Geliebten
In seine Burg gleich einer Fürstin ziehen,
Sie hörte dicht an ihrem Ohr sein Flüstern
Und fühlte sich von seinem Arm umschlungen; —
Und dann — der böse Traum, der immer noch
Den stolzen Geist in seine Bande schlug!
Sie schrie verzweifelnd auf und drängte vorwärts.

„Was ist dir, Kind? Wo sind wir?" frug der Blinde.
Doch da die Kranke stumm ihn weiterzog,
Versank er wieder in sein düstres Träumen.

Sie schritten vorwärts, bald auf steilem Pfad
Zur Tiefe nieder, wo das Steingeröll
Am Grund des Thals den Winterbach verrieth,
Der in der Regenzeit die trüben Fluthen
Zum düstern Meer des Fluches donnernd wälzte;
Bald steiler noch empor am Felsengrat,
Der seine Stirn in Wetterwolken wusch,
Und über steinbesäte, wüste Flächen;
Dann wieder abwärts in die Nacht des Abgrunds,
Der gierig jeden Tropfen Lichts verschlang.
Gewalt'ge Blöcke lagen wirr verstreut,
Als hätten Riesenhände diese Felsen

Zum Kampf auf Tod und Leben sich gebrochen
Und durcheinander Berg und Thal geworfen.
Doch unbekümmert um des Wegs Gefahren,
Um all die Schrecken, die zur Seite gähnten,
Ein sorgenloses Kind, so schritt die Kranke
Behend voran; die Wandrer fühlten nicht
Die Gluth der Sonne, die herniederbrannte,
Nicht Durst und Hunger noch der Kräfte Schwinden:
Ein stärkrer Wille trieb den Fuß zur Eile.

Sie hielten hart am schauerlichen Rande
Des Riesenkraters, der, dem Rachen gleich
Der schleichenden Hyäne, plötzlich sich
Vor Saras schreckgelähmtem Fuß erschloß:
Des Schlundes Wände fielen senkrecht ab,
Und ungeheure Blöcke hingen über,
Die mühsam nur mit freigelegten Wurzeln
Am Felsengrund sich hielten, der sie trug.

Das Mädchen stieß den Blinden weit hinweg.
Er taumelte zurück, sein Fuß gerieth
Umkippend zwischen zwei der Felsenstücke,
Aufstöhnend sank er auf das harte Lager. —
Doch freudestrahlend, mit verklärtem Blick
Trat Sara vor bis an den Rand des Abgrunds
Und rief in toller Lust: „O süße Freiheit!
Auf Vogelschwingen schweb' ich in die Weite,
Dem Frühling zu, dem Glanz, dem Licht, der Wonne; —
Die Schwestern winken dort mit weißen Armen,

Hell flattern ihre wallenden Gewänder;
Ich komme, komme!"
                          Laut aufjubelnd sprang
Sie weit ins Leere. Von den Wänden klang
Wie Hohngelächter noch ihr letzter Ruf,
Dann ward es still, und an das Ohr des Blinden
Drang geisterhaft des Geiers Flügelrauschen,
Der beutegierig in die Tiefe schoß.

Lang blieb in dumpfem Brüten Ahasver,
Sein fahles, wetterhartes Angesicht
Schien aus dem starren Felsblock ausgemeißelt,
Auf dem er lag. Nun hob ein tiefer Seufzer
Die breite Brust, er stützte seine Hand
Fest auf die Platte, sich emporzurichten;
Doch enge hielt in peinlich strenger Haft
Die Felskluft seinen Fuß; er sank zurück
Und rief nach Sara: „Kind, so komm und hilf!"
Die weite Wüste gab ihm keine Antwort.
Da rang ein Schrei sich los aus seiner Brust,
Ein Schrei der Wuth, gesättigt mit Verzweiflung,
Und Ahasver zerraufte Haar und Bart,
Zerriß sein Kleid und schlug den nackten Schädel
Am Steine dröhnend auf, der Geifer tropfte
Von seinem Mund, die Hände ballten sich,
Und schrecklich klang sein wilder Ruf ins Weite:
„Verflucht die Nacht, die mich zur Welt gebar,
Die sterneleere! Mein Gedächtniß sei
Für immerdar aus jeder Brust vertilgt!

Verflucht der Tag, an dem zum erstenmal
Des Himmels Sonne strahlend mir erglänzte!
Verflucht die Mutter, die mich großgezogen!
O daß ich in der Kindheit ersten Tagen
Des Lebens letzten Athem ausgehaucht!
Mich aber hat des Himmels Fluch verdammt,
Des Lebens ganzen Jammer auszukosten;
Wie von dem Strunk des Oelbaums immer wieder
In alter Kraft ein Sproß zum Lichte steigt,
So keimt' und trieb mein Leben unverwüstlich,
Und spurlos ging die Zeit an mir vorüber.
Die Menschen starben, mich vergaß der Tod.
O dreimal glücklich, wer im Grabe schläft
Den langen Schlaf; vergessen, selbst vergißt,
Was ihn gequält! Was soll das Leben noch
Dem armen Thoren, der die letzte Hoffnung
Zu Grabe trug? der bei lebend'gem Leib
Beständig stirbt und, ach, nicht sterben kann?
O Tod, ich rufe dich, du mein Erlöser,
Und kann ich Blinder nicht dein Antlitz schauen,
Du schwebst mir vor als Gottes lichter Engel!
O preß mit starker Faust mein Herz zusammen,
Damit es Ruhe finde, Frieden, Frieden!"

Der Jude schwieg erschöpft und lag wie todt.
Doch allzubald erwachte seine Seele
Zu neuer bitterer Qual, er stöhnte laut:
„Mein armes, armes Volk! Wir suchten beide
Den großen Schatz, das Grab, und fanden's nicht,

Uns täuscht nicht nur die Welt, uns täuscht der Tod!
Ach, sieh, mit jeder Faser meines Herzens
Bemüht' ich mich, dein Glück dir fest zu schmieden:
Am frühen Morgen schwang ich schon den Hammer,
Der Mittag sah mich eifrig an der Esse,
Mir rann der Schweiß in Strömen von der Stirn,
Ich dachte nicht an Speise, nicht an Trank:
Und nun der Abend kam und mir dein Glück,
Ein fertig Kunstwerk, in den Händen ruhte,
Da hat es des Verruchten rohe Faust
Mit einem Schlag zerschellt in tausend Splitter.
O daß mein Auge mir noch leuchten könnte,
Nicht um der Sonne goldnen Strahl zu schauen
Und sich an Pracht und Glanz der Welt zu freuen —
Das mögen die, die noch an Hoffnung glauben —,
Zu Rache sollte nur mein Aug' mir dienen:
Ich wollte tausend Männer um mich sammeln,
Mit ihnen in das Haus des Schurken dringen,
Und ob die ganze Welt sich ihm verbände,
Er könnte meinem Zorne nicht entschlüpfen!
Und wenn ich, ach, den giftgetränkten Stahl
Dem Feinde — diesem Gott! — ins Herz gebohrt,
Dann würde meines auch zum Schweigen kommen.
Jetzt lieg' ich hilflos, blind, und kann mich rächen,
Kann sterben nicht, nur ihm und all den Seinen,
Mir selbst und dir, mein Volk, verzweifelnd fluchen!"

Und wieder fällt er tief erschöpft zurück,
Mildthätig hüllt ihm Ohnmacht Geist und Sinn

In einen langen, träumelosen Schlummer.
Hoch oben zieht ein Geier über ihm,
Mit scharfem Aug' die sichre Beute prüfend.

Schon sinkt die Sonne blutigroth im Westen
Und färbt des Blinden Angesicht mit Purpur,
Da wacht zu scheuem Leben auf der Abgrund.
Aus einer Grotte treten, durch den Schatten
Der Tiefe halb verhüllt, ein Dutzend Männer;
Die einen klettern rasch mit Wasserkrügen
Den steilen Pfad hinab zum Fuß des Felsens,
Wo kargen, kühlen Trank die Quelle beut;
Die andern klimmen langsam, Schritt um Schritt,
Am rauhen Grat zum Rand der Schlucht empor.
Nun ragt des ersten Kopf darüber weg,
Sorgfältig späht sein Blick nach allen Seiten,
Und da sich nichts in weiter Wüste regt,
So schiebt er langsam seinen Körper nach.

Die Freunde folgen, und der Führer spricht:
„Das Feld ist öde, wie wir's immer sahen;
Ich kann kein menschlich Angesicht erspähen,
Und unser Bruder täuschte sich und uns,
Der einen Schrei zu hören wähnte. — Seht,
Ein Geier kreist in immer engern Ringen
Um jenen Felsenblock! Es mag ein Thier,
Das sich verirrt, des Räubers Freßlust reizen;
Und doch bedarf vielleicht ein Mensch des Beistands,
Ein Bruder, der ermattet liegen blieb,

So nahe schon dem heißersehnten Ziel,
Und wehrlos nun des Raubthiers Beute wird."

Vorsichtig nahten sie, den Hall der Tritte
Behutsam dämpfend, sich dem Felsenblock,
Auf welchem Ahasver in Ohnmacht lag;
Und bald erblickten sie des Juden fahles,
Von Schmerz und Qual durchfurchtes Angesicht.

„Ob er noch lebt?" Der Führer beugte sich
Und legte seine Hand aufs Herz des Alten.
„Er lebt! Wir sind zur rechten Zeit gekommen!
Nun löst den Fuß geschickt ihm aus dem Spalt!
Wie starr die Glieder sind! Der arme Greis
Hat wohl schon lange Todesqual erduldet!
Ihr faßt ihn sorgsam an den Schultern an,
Und jetzt hinab, damit er raschen Beistand
Und Kraft und Trost zu neuem Leben finde!"

Die Männer trugen ihre Bürde weg,
Und zornig klang des Geiers Schrei von oben.
Auf ihr Signal erschienen die Gefährten,
Und gleich Ameisen, die zum Bau die Beute
Mit nimmermüder Lust gemeinsam schaffen,
So brachten sie, sich selbst gefährdend, endlich
Den Alten mit vereinter Kraft zur Höhle.

Bald ruhte tief im sichern Schoß des Felsens
Der blinde Mann, auf weiches Moos gebettet,
Und sanfte Hände reinigten sein Haar;
Sie wuschen Staub und Blut von Haupt und Fuß

Und preßten den Verband auf seine Wunden.
Noch immer lag im tiefen Schlaf der Jude,
Da trat mit mildem Gruß ans Krankenlager
Ein hehrer Greis und beugte liebevoll
Zum Armen sich herab. — Lang weilte prüfend
Auf ihm des Papstes Blick. Jetzt plötzlich flammte
Ein Freudenblitz auf seinem Angesicht;
Er schaut' zum Himmel, seine Hände faltend:
„So hast du mich erhört, mein heißes Flehen
Und das Gebet des großen Patriarchen,
Der sterbend noch am Kreuz ihn dir empfahl!"
Der Papst erhob zum Segen seine Hand
Und flüsterte: „Du schobst die Gnade Gottes
In blindem Unverstand so lang beiseite,
Nun hat er dich mit seiner ganzen Kraft,
Den Widerspänstigen, an sich gezogen:
O daß du bald den Weg zum Heile fändest
Für dich und für dein armes, blindes Volk!
Die Gnade Jesu Christi sei mit dir
Und deinem Geist!"
                        Er winkte seinem Pfleger,
Der ehrfurchtsvoll zurückgetreten war:
„Mein Bruder, weißt du, wen uns Gott gesandt?
O heg ihn gut, wie deinen liebsten Freund:
Er ist's, der heiß Ersehnte, der wie Saulus
Verirrt und blind durch Gottes weise Fügung
Zu dem Verfolgten kommt, den er gehaßt
Wie niemand sonst, — er ist es: Ahasver!"

❦❦❦

XII. Der Kranke.

In wirren Träumen wälzte sich der Wunde;
Gewaltig schüttelte der Fiebersturm
Den morsch gewordnen Eichbaum, Nacht und Tag
Erprobt' er seine Riesenkraft an ihm;
Er bebte bis ins Mark, und schauerlich
Erklang sein Aechzen durch die weite Grotte,
Doch fest im Leben wurzelte der Stamm.

Mit treuer Liebe saß am Krankenlager
Der greise Papst und lauschte tiefbewegt
Den Phantasien, die wechselnd in der Seele
Des Armen Leben und Gestalt gewannen.
Und wenn der Kranke qualdurchschauert stöhnte
Und hastig auffuhr und nach Athem rang:
Dann legte sanft der Papst die milde Rechte
Auf seine Stirne, trocknete den Schweiß
Und flüsterte gar manches Bittgebet
Zum Allerbarmer auf dem Wolkenthron.

Und wieder ward es Nacht; seit Stunden lag
In tiefem, träumelosem Schlaf der Jude;
Der wilde Sturm des Fiebers war verrauscht,
Ihn überkam die Ruhe der Erschöpfung.
An seinem Lager schlummerte der Papst,

Des Kranken Rechte noch im Schlaf umklammernd.
Da weckt ihn rasch des Juden leise Frage:
„Wo bin ich denn? Es ist so finster hier ..."

„Du bist bei Freunden und im Schutz des Friedens."

„So war es nur ein böser, wüster Traum,
Der mich umfing ..., ein furchtbar schwerer Traum,
Der wie der Alp das Herz zusammenpreßte!
Noch steh' ich nah am Ziele meiner Sehnsucht,
Und nächtlich Blendwerk war die Greuelscene,
Des Königs und der Seinen Thun im Tempel ...
O zünd ein Licht an, Freund, ich habe lang
Genug geschlafen; noch ist mir so wirr
Vom argen Traum ...; zwar klingt mir deine Stimme
Gar wohl bekannt, ich will dein Antlitz sehen
Und an der Wirklichkeit mein Aug' erfreuen:
Du weißt ja nicht, was Schreckliches ich träumte ..."

„Mein lieber, armer Freund," begann der Papst
Und drückte fester noch die Hand des Kranken,
„Die Lampe brennt, doch Blindheit deckt dein Auge;
Was dir so schwer im Traum das Herz bedrückt,
Ist Wirklichkeit: der stolze König hat
Ein freches Spiel mit deinem Volk getrieben,
Er hat euch ausgepreßt mit seiner Kelter,
Jetzt schleudert er als werthlos euch hinweg:
Du bautest ihm im Wahne der Verblendung
Die Stufen fest für seinen stolzen Thron:
Er stieg empor und ward der Herr der Welt;

Drum läßt er seine Heuchlermaske fallen
Und will in seiner Frechheit Uebermaß
Wie Lucifer sich selbst zum Gotte machen;
Der Greuel der Verwüstung herrscht im Tempel,
Was du geschaut, was du gehört, ist Wahrheit!"

Und wieder ringt ein Schrei von Weh und Wuth
Sich aus dem wunden Herzen Ahasvers,
Und wieder will er Haar und Bart zerraufen;
Doch der Erschöpfte fühlt des Pflegers Hand,
Und stöhnend sinkt er auf das Moos zurück.

„O fasse dich, mein Bruder," fleht der Papst,
„Es kommt das schwerste Leid vom Himmel auch,
Und wenn wir Menschen schon in Noth und Elend
Verzweifeln wollen, weiß der Herr den Schmerz
In Glück und süße Freude zu verwandeln."

„Ja, blind und elend," stöhnt in tiefem Weh
Der Kranke laut, „zertrümmert all mein Glück,
Die letzte, schönste Hoffnung starb für immer! —
Des Adlers Schwinge lahmt!... O Todesengel,
Ich rief dich an und fühlte froh dein Wehen,
Nun bist du grausam wieder mir entschwunden,
Und unauslöschlich qualmt der Docht des Lebens! —
Ach, daß ich sterben könnte, sterben, sterben!"

„Du mußt noch leben, Bruder," sprach der Papst,
„Du hast die Pflicht noch, für dein Volk zu sorgen;
Wie Schuppen wird es dir vom Auge fallen,

Du wirst die Wahrheit sehen und das Glück,
Das lang und fern gesuchte, voll erfassen!"

„Ich glücklich und mein Volk!? Nie lag das Leid
So bergeschwer auf unsrer Brust wie jetzt,
Nie hat der Himmel uns so sehr verlassen
Und jede Hoffnung schon im Keim erstickt. —
O du, mein armes Volk, in Teitans Krallen,
In des Verruchten Faust, der Gott sich nennt,
Dich schmachten sehen und nicht helfen können,
Das ist zu viel!"

„Im Feuer läutert Gott
Von allen Schlacken dich und deine Brüder,
Und sei getrost: gar viele deines Volkes
Sind ihrer Väter werth und gehen muthig
In Qual und Tod für Glauben und Gesetz."

„Was ist geschehn? Erzähle," bat der Kranke,
„O schon' mich nicht; das Schlimmste selbst zu hören
Vom Feinde meines Volks, bin ich gefaßt."

Der Papst begann: „Nur ungern zieht vom Schreckniß
Die Hand den Schleier weg; allein mich dünkt,
Von mir vernimmst du besser, was du doch
Erfahren mußt. — Ein Bruder gab mir Kunde,
Der heut sich heimlich in die Stadt geschlichen.
Wo sonst am Markt und in den breiten Straßen
Des Judenviertels Lust und Leben wogte,
Wo Handel und Verkehr das Blut der Großstadt
Vom Herzen aus durch alle Venen trieb,

Da war es still und öde, war ein Friedhof.
Die Angst verschloß die Thüren und die Fenster,
Ihr bleiches Antlitz vor dem Tag zu bergen.
Von ferne summte das Geräusch der Weltstadt;
Auf einmal wuchs es, wie vom Sturm entfacht,
Zum tobenden Gebraus der Brandung an,
Und näher klang der dumpfe Ton der Trommeln
Und der Soldaten tactgemäßer Schritt.
Gefolgt vom fieberhaft erregten Pöbel,
Erschien ein starker Trupp von wilden Drusen,
Die jede Straßenmündung rasch besetzten. —
Wie Treiber, die das scheue Wild umstellen
Und schreiend dann in immer engern Kreisen
Von Busch zu Busch die müden Opfer hetzen,
So schloß der Pöbel jeden Ausweg ab,
Mit Heulen und Gebrüll die Plätze füllend.

Des Führers Wink vertheilte seine Truppe,
Mit ihren Kolben stießen die Soldaten
Auf die verschloss'nen Thore der Paläste.

„Macht auf, ihr Gott-Verfluchten!" schrie der Haufe,
„Sonst räuchern wir aus ihrem Bau die Füchse...
Ihr wollt nicht hören? Ha, so sollt ihr fühlen!"

Der Schlag der Aexte wie die Wucht des Anpralls
Zertrümmerte die schwachen Thore bald,
Und mit den Drusen drang, nach Beute lüstern,
Des Pöbels Abschaum in die Häuser ein.
Doch Waren nur, nicht Menschen fand man vor,

Und wenn die Häscher auch vom Dach zum Keller
Spürhunden gleich die Wohnungen durchsuchten,
Sie schienen ausgestorben, todt und öd'.

In einem Hause nur gelang's den Schergen,
In seinem Wohngemach den Herrn zu fangen:
Es war der alte Laban, war dein Freund,
Den mitleidslos die wild erregte Horde
Mit Peitschenhieben auf die Gasse trieb.

Des Rabbi Geist, von Wahnsinns Nacht umschattet,
Erkannte nicht das Schicksal, das ihn traf;
Aus seinen Taschen zog er Gold um Gold
Und warf's dem Pöbel höhnisch vor die Füße:
,Das ist der goldne Lohn, das Sündengeld,
Um das des Königs Kanzler mich betrog!'

Der Pöbel balgte sich um das Metall,
Der Alte schrie noch mehr: ,Ja, nehmt es nur,
Ihr tollen Schufte; bald erfahrt auch ihr,
Daß euch der König wie der Kanzler narrt!'

Da hob sich wilder Lärm; die frechen Räuber,
Die Recht und Satzung keck mit Füßen traten,
Sie machten sich zu Hütern des Gesetzes,
Und unter ihren Streichen fiel der Greis;
Auf einer Pike trug man seinen Kopf
Als Siegstrophäe jubelnd auf den Marktplatz..."

Da seufzte tief im Herzen Ahasver:
„Der arme Freund! Des Kanzlers Schurkenthat

Hat alles, Kind und Leben, ihm entrissen:
Ihn trog das Ahnen nicht, — nun ist er todt!...
Wo bleibt nur Sara? Jetzt gedenk' ich erst
Im halbverworrnen Sinn des armen Kindes,
Das mich geführt in meiner schwersten Stunde."

     „Du meinst das Mädchen?"

                     „Ja, was ist mit ihm?
Als ich ermattet hinsank, hört' ich noch,
Zum letztenmal, der Irren liebe Stimme."

     „Sie ging dem Rabbi schon im Tod voran,
Wir fanden sie zerschmettert in der Tiefe."

     Der Kranke stöhnte: „Todt! Und alles todt,
Was ich geliebt und was an mir gehangen!
Doch ist's das Beste wohl; der Tod befreit
Von Noth und Qual. — O daß auch ich gestorben,
Mit mir der Wurm, der mir am Herzen nagt!"

     „Nein, wohl dir, Freund, daß Gott dich leben ließ,
Daß du noch sühnen kannst, dich und dein Volk
Zur Wahrheit und Erkenntniß führen darfst!
Doch höre, was der Bote mir berichtet:
Du sollst das ganze Leid der Deinen kennen,
Dann wird dir Gott das Aug' des Geistes öffnen,
Mit Vaterhand dich an dein Ziel geleiten.

     Es fand sich ein Verräther deiner Brüder:
Ben Isaak war's, den heiße Sorg' ums Leben
Und um sein Gold, das emsig er gehäuft,

Aus dem Verstecke trieb zum Drusenführer.

‚Verschont ihr mich‘, begann der feige Thor,
‚Und bleibt mir Haus und Gut unangetastet,
So will ich gern des Königs Wort gehorchen
Und ihm als Gott und Herrn mein Opfer bringen.‘“

„Der feile Schurke!“ stöhnte schwer der Kranke.

„Der Führer lachte höhnisch: ‚Guter Freund,
Das mag des Königs Majestät entscheiden;
Doch willst du klar die Besserung erweisen,
So künd uns, wo die Deinen sich geborgen!‘

Noch graute dem Verräther vor der Meinthat,
Allein des Führers Drohen brach sein Schweigen.
‚Sie halten sich im Felsendom versteckt,
Der unter Sions Höhe sich erschließt,
Wo sie von alters her zum heil'gen Opfer,
Zum frommen Dankgebet zusammenkamen.‘

Es war gesagt. Die wilde Rotte stürmte
Die düstre Grotte; wehrlos fiel die Menge
Von Weibern und von Kindern ihr zur Beute,
Doch fanden wenig Männer sich im Bethaus.
‚Du hast gelogen, Jude!‘ schrie der Führer,
‚Wo sind die Männer? Sprich!‘
                                    Ben Isaak schwieg.
Da stieß ihm jener seinen Dolch ins Herz
Und rief voll Grimm: ‚Das ist dein Lohn, Verräther!‘

Den Rindern gleich, die man zur Schlachtbank führt,
Gehetzt vom hündischen Geheul des Pöbels,

Mit Schlag und Stoß und Fluch, so wurden jene
Zum Hochgerichte nach dem Markt gebracht.
Dort saß der Richter schon, ein Freund des Kanzlers,
An Blutgier ihm, an Tücke nah verwandt.
Beim Anblick seiner Opfer funkelte
Sein Auge grimmig wie des Tigers Auge,
Der in den Tatzen seine Beute hält.

Es ging ans Morden. Doch voll Heldenmuth
Erduldeten die Deinen Qual und Tod.
Nicht einer fiel vom Väterglauben ab,
Sie starben, wie die Makkabäer starben!"

Der Kranke schwieg, des Leidens Ueberlast
Verschloß das Herz und würgte seine Kehle.
Lang lag er so voll tiefen, stummen Wehs,
Schon griff der Papst besorgt nach seiner Hand,
Da sprach er tonlos: „Freund, es fehlt der Rede
Das letzte Wort; wann kommen wir daran?"

„Uns hat des Feindes Hand der Herr entrückt,
Du bist in Sicherheit, hier dringt kein Spürhund
Des frechen Königs und der Seinen ein."

„Wo bin ich denn? So löse mir das Räthsel!"

„Du bist bei Freunden in der Höhle Davids,
Wo dieser vor den Häschern Sauls sich barg;
Das Labyrinth von Höhlen, das wir selber
Vollständig kaum erforscht, es birgt uns trefflich
Gleich einer Mutter Schoß vor jedem Feind,

Und sollte doch der Spürsinn uns entdecken,
Ein Dutzend Krieger halten jeden auf."

„So bin ich in der Grotte von Engaddi?"

„Die Kranke führte dich, den Kranken, her:
Wir fanden dich erschöpft am Rand des Abgrunds."

„Wie wart ihr, Brüder, denn so rasch zur Hand?"

„Schon lange sind die Höhlen das Asyl
Der schwer verfolgten, fast zertretnen Kirche."

„So seid ihr Juden nicht? Ich bin...?"
                                        „Bei Christen!
Ja, Freund, und der an deinem Lager sitzt
Und der dich Bruder heißt aus Herzensgrund,
Es ist der Papst, den du gehaßt, verfolgt!"

Wild fuhr vom Lager Ahasver empor:
„Das also war das Ende," schrie er laut,
„Den Fluß vermeidend, fiel ich in den Sumpf!
Ich hätte sterben können, schon berührte
Der Todesengel mich mit sanftem Fittich;
Ihr aber habt mit kalter Grausamkeit
Den Genius verscheucht und zwingt mich wieder
Zur Qual des Lebens, euern Haß zu kühlen
Und euch am Anblick meiner Noth zu weiden.
O tödtet mich, ich bitt' euch, meine Feinde,
Dann will ich euch mit letztem Athem segnen...
Ihr zögert noch? Ihr habt doch Dolche sonst

Und Scheiterhaufen uns bereit gehalten!
Ihr könnt den tiefen Brunnen eurer Rache
Nun bis zum letzten Tropfen gierig leeren:
Hier ist die nackte Brust, — so stoßt hinein
Und schaut mit trunknem Aug' den Todeskampf,
Die letzten Zuckungen des letzten Juden!"

Der Papst ergriff und hielt die Faust des Blinden:
"Mein ist die Rache, spricht der Herr, dein Gott;
Uns aber hat des Heilands Mund geboten,
Den Feind zu lieben und ihm wohlzuthun."

"Du kennst nicht deinen Feind, du greiser Thor,
Du wähnst, ich war der Führer nur im Kampf,
Der dich und deinen Thron hinweggefegt;
Denn wüßtest du, bei wessen Bett du sitzest,
Wer der ist, dessen Hand du hältst und drückst,
Du würdest schaudernd dich, wie von der Viper,
Der giftgeschwollnen, und mit Abscheu wenden.
Ich will's dir sagen, höre gut, und dann
Vernichte mich wie das Reptil am Weg!
Ich bin der Haß, der ewig neugeborne,
Jahrtausend' alte Haß des Judenvolkes,
Das Gott zu seinem Sohne sich erkor,
Indes er all die Kinder andrer Stämme
Von seiner Vaterbrust ins Elend stieß.
Vor unserm König soll die ganze Welt
Der niedre Schemel seiner Füße sein:
Dies ist das Erbe, das die großen Väter,

Das Abraham und Jakob uns vermachten
Und das ich durch Jahrhunderte bewahrte.
Einst schien die große Zeit für uns gekommen:
Als Knabe hört' ich's in den Tempelschulen,
Die Woche sei, die Daniel berechnet,
Der große Seher, endlich abgelaufen;
Aus Jakobs Haus erhebe sich der Stern,
Ein starkes Reis entsprosse Davids Stamm,
Das Gott zur Ruthe schneide für die Römer,
Die zornesmächtig unser Volk bedrückten.
Und sieh, da kam ein Mann aus Galiläa,
Der Nazarener, euer Gott, du Christ,
Und zog durch unser Land mit neuer Lehre.
Wir horchten auf, sehnsüchtig nach dem Christus,
Dem lang verheißnen; spähend forschten wir
Nach dieses Mannes Herkunft und Gebaren;
Ich war die Seele der Gesetzesfrommen,
Der Pharisäer, wie das Volk sie nannte,
Mit Leib und Leben gern bereit, dem Christus
Den Weg zu bahnen auf den Thron der Väter.
Und wirklich schien der Sohn des Zimmermanns
Im unscheinbaren Kleid der Fürst der Zukunft;
Er wandte sich wohl nicht, wie wir gehofft,
An uns, die wir auf Mosis Lehrstuhl saßen,
Doch wirkte seine Hand das Manna-Wunder,
Durch das nach unsrer Lehre der Messias
Als Gottgesandten sich erweisen sollte;
Wir boten freudig ihm den Königsreifen,
Er schlug ihn aus; wir folgten ihm und prüften

Sein Thun und Lehren und erkannten bald,
Daß ihm das heilige Gesetz des Herrn
Als Spielball galt, nicht als der feste Pol,
Um den der Menschen Thun sich drehen muß
Für alle Zeit. — Ich hielt's ihm offen vor,
Er aber ließ den Kampfesruf erschallen
Und schalt die Meinen als die Rechtsverdreher,
Als Heuchlerbrut und übertünchte Gräber
Und zog das Volk von unsern Lehren ab.
Lang trieb er's so, durch List und Höllenkunst
Gewann er rasch die willenlose Menge.
Mir blutete das Herz, daß alles Volk
Für diesen Einen ins Verderben rannte;
Es wuchs der Haß und ward zum Riesenbaum,
Der mit den Wurzeln mir das Herz umschloß. —
Doch wären wir ohnmächtig wohl geblieben,
Wenn nicht der Nazarener sich vergessen
Und keck im Hochgefühle des Triumphes
Den Heiden seine Gunst geboten hätte.
Nun schlug die Stimmung rasch und gründlich um.
Der uns vom Joch der Römer nicht befreien,
Zum Herrn der Welt mein Volk nicht machen wollte,
Der Mann, der Heiden mehr als Juden liebte,
Der konnte nicht der echte Christus sein!
So ward er unser. Meinem Haß gelang's,
Die Schwankenden und Zweifler zu gewinnen;
Ich war's, der Grimm und Wuth im Volke schürte,
Daß dieses zornig rief: „Ans Kreuz mit ihm!"
Ich war es, der den stolzen Römer zwang,

Zu wählen zwischen ihm und seinem Kaiser;
Und als der Feige sich die Hände wusch,
Da rief ich laut, mein gutes Volk mit mir:
,Es ström' auf uns herab und unsre Kinder
Des Frevlers Blut, der sich zu Gott gemacht.'
Er kam ans Kreuz, und daß die letzte Stunde
Des Nazareners doppelt qualvoll ward,
Ich trug dazu mein Scherflein redlich bei. —
Sieh, Mann, hier liegt des Nazareners Mörder,
Ich bin in deiner Hand und fleh' dich an:
Gib mir den Tod! — O hast du nicht genug?
Du zauderst noch? So magst du weiter hören,
Und wenn in deiner Brust der Haß nicht zündet,
Die Rache nicht in heller Flamme loht,
So trägst du keines Mannes Herz in dir:
Des Nazareners Name, den du führst,
Ist nur ein Aushängschild: du bist kein Christ!
O könnt' ich doch nur einen heißen Tropfen
Von meinem Haß in deine Seele träufeln! —
Sein Feuer hielt mich aufrecht bis zur Stunde. —
Was wider jenen Mann am Holz der Schmach
Und wider seine Jünger je geschah,
Ich war es, der mit haßgestärktem Athem
Den Sturm entfachte, dann das Feuer blies;
Der rastlos durch Jahrtausende mein Volk
Und alle Welt zum Riesenkampfe hetzte,
Bis endlich auch das letzte Bollwerk fiel
Und meine Faust der Kirche Felsen brach.
Sieh diese Hand: es klebt das Blut daran

Von Millionen Christen; sieh den Fuß:
Ich trat mit Wollust stets auf deine Brüder;
Mein Leben war und jeder Hauch des Mundes
Durchglüht von Haß und Ekel gegen sie:
Was willst du mehr? Jetzt magst du triumphiren
In deinem Elend noch, das ich verschuldet, —
Gib mir den Tod, den ich vergeblich rufe!"

Der Blinde sank erschöpft zurück aufs Lager,
Und eine Perle fiel vom Aug' des Papstes,
Ein heißer Tropfen auf die Hand des Juden:
„Du wirst nicht sterben, eh' dein Auge schaut
Das Heil der Völker und der Weihebronn
Der Taufe sühnend deinen Scheitel netzt!
Gott sei mir dir!"
            Gleich eines Sehers Spruch,
So klang des Papstes Wort aus Ohr des Blinden;
Er blieb allein und sank in wirre Träume.

XIII. Umkehr.

Ein schöner Jüngling, Purpur auf den Wangen,
   Erstieg der Morgen das Gebirg von Moab
Und schaute freundlich mit dem Sonnenaug'
Auf Berg und Thal, die friedlich wie ein Kind
In leichtem Schlummer ihm zu Füßen lagen.
Es drang sein Blick schon in die Felsenschlucht
Und scheuchte dort die wüsten Nachtgespenster,
Die sinnverwirrend und das Herz beklemmend
Durchs dunkle Thor der Höhle sich geschlichen
Und an des Juden Lager lauernd wachten.
Jetzt sank der müde Mann in sanften Schlummer,
Von seiner Stirne schwand das Mal des Hasses,
Und freundlich glätteten die Züge sich.
So schläft der Ringer, der am heißen Tag
Auf Tod und Leben mit dem Feinde rang,
In süßer Ruh' am Fuß des Lorbeerbaumes,
Der ihm mit frischem Laub die Stirne krönt.

Da wecken rasche Schritte seine Sinne,
Mit mildem Gruße tritt der Papst heran.
Der Jude springt empor und starrt verwirrt,
Erschreckt umher. — Er sieht! Sein Auge strahlt
In wunderbarem Glanz, er streckt die Arme
Nach seinem Pfleger aus und ruft erregt:

„Ich sah ihn, sah ihn selbst, den Herrn und Heiland!
Im Traum erschien er mir, den ich verfolgte!
Am Himmel hob sich riesengroß sein Kreuz,
Er hing daran, der nun auch mein Erlöser!
Es leuchteten die Wunden seines Herzens,
Der Hände wie der Füße gleich der Sonne,
Und auf die Erde rieselten herab
Die Purpurtropfen seines heil'gen Blutes.
Er sah mich an, doch mit dem Blicke nicht
Der heißen Qual wie damals, als ich ihn
Am Kreuze noch auf Golgotha verhöhnte,
Nicht mit dem Auge, das im Tode brach,
Ein Schreckensbild, das mich bei Tag und Nacht
Durch die Jahrtausende bis heut' verfolgte:
Er sah mich an mit wunderbarer Huld,
Und seine Stimme klang so traut und warm,
Wie einer Mutter Herz zum Kinde spricht:
,O blinder Mann, warum verfolgst du mich?
O komm zu mir mit deinem armen Volke!'
So sprach der Herr; aus seiner Seitenwunde
Fiel auf mein Herz ein großer Tropfen Blutes,
Und Seligkeit durchströmte mein Gebein.
Von meinen Augen fiel's wie harte Schuppen,
Die Wahrheit blickte schleierlos mich an:
Ich glaube, hoffe, liebe!"

                         Stark und innig
Umschlingt des Pflegers Arm den Neugenesnen,
Und heiße Thränen perlen auf sein Antlitz:
„Auch ich, geliebter Bruder, habe dir

Die frohe Botschaft großen Heils zu bringen:
Als ich in tiefer Nacht von dir gegangen
Und sinnend noch in meiner Kammer saß,
Stand plötzlich himmlisch-schön im Glanz der Wunden
Elias, der Prophet des Herrn, vor mir
Und hieß mich folgen. Was mein selig Aug'
Entzückt geschaut in dieser heil'gen Nacht,
Das soll auch dir sich leuchtend offenbaren.
Komm rasch mit mir!"
                              In fieberhafter Spannung
Erhebt sich Ahasver und folgt dem Papst.

Sie schreiten durch ein Labyrinth von Gängen,
Die, wie von Menschenhand aus Stein gehauen,
In hochgewölbte Hallen sich ergießen;
Doch bald verengt zur Spalte sich die Schlucht,
Die niedre Decke droht sie zu begraben.
Nun steigen schlanke Säulen wie die Tannen
Zum hohen, gotischen Gewölb des Domes;
Hier ranken mächtig an der dunkeln Wand
Die lichten Steinguirlanden keck empor,
Dort senkt ein Baldachin aus Stein sich nieder,
Ein neues Wunder ihrem Blick verhüllend.

Sie standen hart an eines Schlundes Rand,
Aus großer Tiefe klang ein leises Rauschen;
Der Fackeln Schein erhellte spärlich nur
Des Abgrunds dunkle Räthsel; auf dem Wasser,
Das unten durch den Weg zum Licht sich brach,
Erzitterten gespensterhaft die Lichter.

„Hier ist das Ziel des Fremden," sprach der Papst,
„Der Unberufne dringt nicht weiter vor,
Der Tiefe Schrecken hütet das Geheimniß."

Er schwang die Fackel hoch und rasch im Kreise:
In einer weiten Bucht am andern Ufer
Entglomm mit einemmal ein helles Feuer.
In seinem Glanz erschien ein schmaler Pfad,
Der hart am Rand des tiefen Schlundes führte,
Dann rasch durch einen Spalt nach rückwärts bog.

Nun nahm ein breiter Gang die Wand'rer auf,
Der rechts und links in viele sich verzweigte.
„Die Grotten hier sind unsre Vorrathskammern,
Es haben meine Brüder lange schon,
Der Mahnung achtend, die der Heiland gab,
Was wir bedürfen, reichlich aufgestapelt. —
Und nun hierher! Den Gang, in den wir biegen,
Durchschritt ich heute mit dem Gottesboten!"

Sie gehen rasch voran, fast hörbar pocht
Des Juden Herz. — Jetzt dringt aus einer Grotte
Geheimnißvolles, wundersames Leuchten.

„Wir sind zur Stelle! Wirf dich auf den Boden
Und strecke deine Hände jubelnd aus:
Denn vor dir steht des Bundes heil'ge Lade,
Die der Prophet, der große Seher Judas,
Auf göttliches Geheiß hier einst verbarg,
Damit kein menschlich Aug' die hehre schaue
Bis an dem großen Tag, an dem der Herr

Dein armes Volk, das er im Zorn zerstreute,
Im Uebermaß der Huld um sich versammelt."

Da sank der Jude tief erschüttert nieder,
Aus seinen Augen brach zum erstenmal
Der Thränen heißer Strom. — Dann hob er selig
Den feuchten Blick zum Heiligthum des Herrn.

Im Kreise knieten um die Bundeslade
Die Kreuzesritter betend, froh erregt:
In vielen Augen perlten helle Zähren.

„Nun magst du, Heimgekehrter," sprach der Papst,
„Vor diesem Unterpfand des Alten Bundes
Des Neuen Wunderkraft an dir erfahren!"
Er goß in Kreuzesform das heil'ge Wasser
Auf ihn herab: „Ich taufe dich im Namen
Des Vaters und des Sohnes und des Geistes.
Ein Saulus warst du, Paulus sollst du heißen!

So geh mit Gott, Apostel deiner Brüder!"
Die Ritter jubelten und grüßten herzlichst
Mit Bruderkuß den Freund. — Doch sehnend streckt' er
Noch einmal seine Hand zur heil'gen Lade;
Da nahm der Papst von ihr den Stab des Aaron
Und gab ihn dem Getauften. — Sieh, das Reis
Durchdringt ein neues Leben, Zweige sprossen
Und zarte Blätter brechen schon hervor:
Jetzt steht der Stab in Blüthe, süßer Duft
Erfüllt die Kammer und das Herz der Männer.

XIV. Das Erdbeben.

Es wächst der Tag. In langen Ringen kriecht
    Der graue Nebel langsam aus der Tiefe.
Kalt weht sein Odem durch die Stadt Sotérs,
Die sich mit widerlichen Dünsten füllt.
Vereinsamt liegt der Markt, doch schaurig mahnt
Das Blutgerüst, es mahnen ernst die Kreuze
Den scheuen Wand'rer an des Königs Zorn.

    Von ferne tönen dumpfe Trommelwirbel
Und hallt verworrner Laut. Schon taucht gespenstig
Ein schneller Reiter aus der Nebelmasse.
Die Truppe folgt; ein Dutzend Karren rasseln,
Mit Todesopfern dicht besetzt, heran.
Rings brandet wie die sturmgepeitschte Fluth
Ein Meer von Menschen; trunkne Männer brüllen
Das Lob Sotérs, und freche Dirnen drängen
Sich dicht mit Hohn und Spott an die Gefangnen.

    Nun hält der Zug; die bleichen Opfer zerrt
Des Henkers rohe Faust zum Blutgerüst;
Das Fallbeil, stumpf von grauser Arbeit, wird
Zu neuem Tagewerk emporgezogen.
Der Richter kommt, an seine Seite tritt
Der Kanzler rasch; ein eisig Lächeln spielt

Um seine Lippen, da sein scharfes Auge
Die Menge der Gefangnen höhnisch streift.

„Ich denke, Freund," beginnt er rauh, „du wirst
Mit diesem Häuflein bald zum Ziele kommen.
Da gilt kein langes Forschen und Erwägen,
Kein Urtheil braucht's; denn dieses Judenpack
Ist durch sein Dasein schon des Todes werth.
Ihr aber, träge Diener unsers Herrn," —
Er wendet zu den Häschern seinen Blick —
„Ihr habt für reichre Beute mir zu sorgen!
Noch hält so mancher Jude sich versteckt,
Noch zweifelt mancher Fremdling an der Wahrheit:
Wer unsern großen König nicht als Gott
Anbetend preist, wer Gold und Kleinod schlau
Vor ihm verbirgt, die faßt mit derber Faust,
Ob Mann, ob Weib: ihr Kopf ist überreif!
Zu lange trug des Königs milder Sinn
Mit dieser Stadt Geduld; nun ist das Maß
Der Huld erschöpft, und Schrecken geht und Tod
Aus seinem Munde! — Ihr wißt Bescheid. — Lebt wohl!"
Und langsam schritt er nach der Sionsstadt,
Umbraust vom Jubelruf der trunknen Menge.

Kalt winkt der Richter, und der Henker eilt.
Schon hebt er grinsend seine Hand zum Mord: —
Wahnsinnig tanzt ums Blutgerüst der Pöbel
Und rast und heult und brüllt, dem Tiger gleich,
Der gierig seine Pranken tief ins Fleisch

Der Beute schlägt und dann mit Wohlbehagen
Das warme Blut am Quell des Lebens schlürft.

Da plötzlich grollt ein Donner aus der Tiefe,
Der Boden bebt, die Felsen dröhnen hohl,
Die Häuser wanken, von den Dächern stürzt
Ein Splitterhagel auf den Platz herab.
Nun Stoß auf Stoß: der Sionshügel hebt
Und senkt sich rasch; ein tausendstimmiges
Geschrei der Angst erfüllt die Stadt Soters;
Als ob die Welt, von Riesenfaust zertrümmert,
Mit einem letzten Rufe der Verzweiflung
Ins alte Nichts versänke, kracht und stürzt
Und stöhnt und heult es rings; die Mauern bersten
Und überschlagen sich, die Steine fliegen;
Der feine Staub, das karge Licht verdunkelnd,
Versperrt der angstgepreßten Brust den Athem.

Das Volk zerstiebt, doch treiben neue Stöße
Die Jammernden zurück; der Boden schwankt,
Und krachend stürzen Hütten und Paläste,
Hoch wirbelt wieder rings der Sand empor.

Nun schießt ein jäher Blitzstrahl aus den Wolken,
Und donnernd schallt ein starker Ruf von oben:
„Erwacht zum Leben, ihr getreuen Zeugen,
Und steigt vom Kreuz der Schmach zu mir empor,
Die Stunde meiner Rache naht heran!"

Es fährt der Geist des Lebens in die Leichen,
Die Nägel lösen sich von Hand und Fuß,

Der Dulder Antlitz leuchtet gleich der Sonne,
Wie Purpurrosen schimmern ihre Wunden,
Und selig schweben Henoch und Elias
Auf lichtumfloss'ner Wolke himmelan.

Es starrt, vom Schrecken bleich und rasch ernüchtert,
Das Volk auf die Verwüstung, und Verzweiflung
Umschnürt das Herz und würgt die heisern Kehlen.
Ohnmächtig sinkt der Richter in den Sand,
Und durch die grause Stille tönt zuweilen
Das Grollen unterirdischer Gewalten.

Der Bann des Schreckens löst sich langsam nur;
Der Fessel ledig, flieht die Schar der Juden,
Die Henker packt der Graus, rasch nehmen sie
Den Richter auf, der bleich am Boden liegt,
Und eilen weg. Noch steht die Menge stumm,
Wie festgewurzelt; doch so mancher schlägt
An seine Brust und seufzt: „Der Himmel rächt,
Was wir gethan; wer kann dem Fluch entgehn?"
Und einer um den andern schleicht hinweg
Mit stierem Blick, Verzweiflung in der Seele.

Da kommt die Straße her zum öden Markt
Mit raschen Schritten Ahasver gegangen.
Er hält den Nächsten an: „Was ist geschehen?
Was seid ihr so verstört? — Ich komm' von ferne
Zur Stadt Sotérs und hörte Gottes Donner,
Vor dem die Welt erbebend sich verbarg."

Der andre starrt ihn an, dann ruft er zitternd:
„Ja, Gottes Donner und sein Strafgericht!
Dort sieh die Kreuze! Die daran drei Tage
Als Leichen hingen, nahm der Herr zu sich;
Auf uns, die Mörder, goß er seines Zorns
Gefüllte Schale! — Blick empor nach Sion:
In Trümmern liegt die Pracht der Königsburg
Und unsers Tempels stolzer Marmorbau.
Gelüstet's dich, im Wuste der Zerstörung
Nach der vergangnen Herrlichkeit zu forschen,
Sieh selber zu; mich treibt es heim, zu sehen,
Ob auch mein Haus der Fluch des Herrn betrat.“

Er ging. Doch auf die Kniee sank der Alte:
„Du hast, o Gott, den starken Arm erhoben
Und diesen Frevlern deine Macht gezeigt!
Du bahntest mir den Weg zu meinen Brüdern,
Zum Herzen dieses Volks, das dich nicht kennt.
Sie hörten deinen Ruf; o gib mir Kraft,
Die lang Verirrten all zu dir zu leiten!“

Voll froher Zuversicht erhob er sich
Und eilte, seinen Brüdern Trost zu bringen.
An manche Thüre pochte derb die Faust,
Er rief und flehte, doch die Sorge schloß
Der Seinen Ohr; in düsterm Schweigen lagen,
Ein weites Grab, die Hütten und Paläste.

So schritt er weiter durch die leeren Straßen,
Vereinsamt, wie der sturmverschlagne Segler

Auf fernem Meere zieht; er kam nach Zion.
Als hier mit einemmal das Bild des Schreckens
Vor seinen Augen stand, da ward er bleich,
Und zögernd nur betrat sein Fuß die Stätte.

Wie wenn aus abgrundtiefem Kraterschlunde
Mit grausem Tosen die geschmolznen Massen
Zum Himmel hoch emporgeschleudert werden
Und dann auf weite grüne Länderstrecken
Verheerend niederstürzen — ihre Gluth
Versengt die Saaten, und der Aschenregen
Erstickt das Leben und bedeckt für immer
Den Fleiß des Landmanns und des Städters Kunst;
Wo heimatsfroh das Glück am Herde saß
Im Kreis zufriedner Menschen, und im Schatten
Des Lorbeerhains die Kraft der Jugend träumte
Von goldner Zeit und ewig grünem Mai,
Dort sitzt der Tod am Modergrab der Hoffnung
Und löscht mit kaltem Spott des Lebens Fackel —:
So stand der Greuel vor dem Aug' des Alten,
Die stolze Sionsstadt e i n Haufen Schutt,
Ein Trümmerfeld die Burgen und Paläste;
Nur wie zum Hohne ragte hier und dort
Noch halb ein Marmorpfeiler aus dem Grabe
Des eiteln Prunks; die feste Burg Soters,
Die weiten Hallen lagen öd' und wüst
Und weit verstreut die Steine seines Tempels.

Der Wand'rer bahnte mühsam sich den Weg
Und sah entsetzt den Schrecken erst der Schrecken:

Hier ragten Hand und Fuß und hier ein Kopf
Aus Mulm und Steingerölle schaurig auf,
Dort sickerte das Blut aus einer Spalte.
Nun dringt ein hohles Röcheln an sein Ohr
Wie von der Erde Tiefen dumpf herauf:
Und aus der Brust des Alten ringt ein Schrei
Des Mitleids sich; doch niemand naht, zu helfen.
So klimmt er weiter.

              Sieh, da drüben steckt
Ein Mensch mit halbem Leib im Mauerschutt,
Sein Antlitz ist schon bläulich angelaufen,
Und heiser klingt, ersterbend schon sein Ruf.
Zur Hilfe rasch bereit, naht Ahasver.
Da taumelt er zurück in jähem Schreck
Wie vor der Viper, die sich sonnt am Weg,
Und starrt verwirrt in Teitans Angesicht.
Es zuckt in seiner Brust, ein heißer Strahl,
Der Rachsucht wilde Freude hoch empor;
Und wie der Funke, der verborgen glomm,
Vom Windstoß angefacht, in heller Lohe
Die Flammenzunge nach dem Giebel streckt,
So faßt der alte Haß den ganzen Mann;
Schon glüht des Zornes Mal auf seiner Stirne,
Die Adern schwellen, fester schließt die Faust; —
Da blickt er himmelan und athmet tief
Und athmet schwer; noch zittern Hand und Fuß,
Dann geht er stumm daran, aus Schutt und Trümmern
Den argen Feind mit letzter Kraft zu graben.

„Was zögerst du?" schreit Teitan auf. „Es brennt
Und sengt wie Feuerqual; o rasch, nur rasch!
Mein Gold ist dein, und was dein Herz begehrt,
Ich schenk' es dir; der König ist mein Freund!
Ha, ha! dir wird ein Gott es göttlich lohnen!"

Ernst weist des Retters Blick und Hand zum Himmel:
„Dir ziemt es wohl, den droben anzurufen,
Den du verläugnet und im Dienst der Hölle
Verfolgt, bekämpft: nun fühlst du seine Hand..."

„Wer bist du?" schreit der Kanzler. „Ah! du bist's!"
Da quellen weit die stieren Augen vor,
Das Angesicht verzerret sich zur Fratze,
Der blut'ge Geifer tritt auf seine Lippen,
Und gellend heult er auf: „Verfluchter Hund,
Du lebst! O käm' die Hölle tausendfach
Mit ihren Feuerströmen über dich!
Nun frißt sie mir am Marke; — ha, sie reißt
Mit Riesenkräften mich in ihre Tiefen...
Mir braust's im Ohr, es knirscht und stöhnt und heult
Die Welt des Abgrunds... Wehe, wehe, wehe!"

Er sinkt zurück und bricht in sich zusammen,
Ein Blutstrom quillt aus seinem Mund hervor,
Das Aug' verglast; noch einmal schreit er auf:
„Ich fluche dem da droben! ... Wehe, wehe!"
Dann liegt er röchelnd, durch den Körper geht
Ein krampfhaft Beben und ein letztes Zucken. —

Da weicht der Boden plötzlich, — haftig springt,
Von Schreck ergriffen, Ahasver zurück;
In einen Feuerpfuhl verfinkt der Kanzler,
Und aus der Tiefe heult es: „Wehe, wehe!"

Erschüttert steht der Alte, wie gelähmt,
Er seufzt und stöhnt; rasch wendet er sich ab —
Und eilt durchs Kidronthal hinan den Oelberg.

Der Tag versinkt, es trifft sein letzter Blick
Den Alten betend auf der höchsten Kuppe. . .
Und dunkler wird's, kein lichter Stern erglänzt,
Nur einsam flammt am Firmamente hoch
Ein blutig Kreuz durch schwarze Wetterwolken.

❦❦❦

XV. Paulus.

Dem Felsentempel nah, in dem die Juden
  Vor Teitans Schergen kurze Zuflucht fanden,
Lag tief verborgen unter Schutt und Trümmern
Uralter Wasserbauten ein Gemach.
Der Schein der Lampe fiel auf abgehärmte,
Vom Druck der Sorge früh gebeugte Männer.
Vor ihnen ragte mächtig in der Kraft
Der unverwelkten Jugend Ahasver.
Er sprach: „Ich danke Gott, vielliebe Brüder,
Der mir den Weg in dies Versteck gezeigt,
Wo Noth und Angst mit euch zu Tische sitzen.
Ihr seht mich staunend an! Ja, schließet Augen
Und Herzen auf, denn Großes that der Herr!
Ein armer Blinder, floh ich aus der Stadt,
Mit wüstem Sinn, Verzweiflung in der Brust,
Und sehend kehr' ich heim im Vollbesitz
Des höchsten Glücks, das Menschen werden kann:
Ich fand die Wahrheit, wo wir sie nicht suchten,
Ich fand den Frieden, den ich nie geahnt,
Ich bin ein Christ! — Und weil ich euch geführt
Auf krummen Wegen in des Irrthums Wildniß,
So will ich euch zum Heil, zum Licht der Wahrheit
Den rechten Weg mit Gottes Gnade zeigen!..."

„Du bist ein Christ?" — Aus aller Munde kam
Die rasche Frage.

           „Ja, von ganzem Herzen!
An Leib und Seel' gebrochen lag ich da,
Des Feindes Hand, des Christen, pflegte mich,
Doch stärkre Sprossen trieb mein Kummer nur.
Ich haßte mich und fluchte meinem Leben,
Ich haßte Gott, der mich nicht sterben ließ.
Er aber zeigte selber mir sein Kreuz
Und sprach zu mir und zog mich an sein Herz.
Wie Schuppen fiel's von meines Geistes Augen,
Ich ward getauft und sah vor mir erglänzen
In wunderbarem Licht die Bundeslade,
Die Jeremias einst im Felsen barg.
Nun wußt' ich, daß der Herr auch euch berief
Zum Reich der Gnade, daß der Himmel sich
Euch öffnen, euer Auge schauen wird
Den süßen Herrn, den unser Wahn gekreuzigt,
Zur Rechten Gottes, seines Vaters, thronen."

Da trat der greise Baruch vor und sprach:
„Ich glaube dir! Du wurdest, Ahasver,
Der Führer deines Volks auf schlimmen Wegen,
Jetzt wollen wir auf gutem Pfad dir folgen!
Doch nicht dein Wort allein bewegt uns heute,
Die Trübsal hat die Herzen uns geläutert;
Im Feuer eigner Qual zerschmolz der Haß,
Und beten lehrt' die Noth; wir blickten auf,
Und sieh, am Himmel flammte blutig roth,

Als Licht in unsre Nacht, das Kreuz des Herrn.
Nun hat der Allmacht Hand die Zeugen Christi
Zu sich erhöht und scharfe Runenzeichen
Dem Uebermuth des Königs eingegraben:
So fingen wir zu hoffen an, zu glauben.
Ich war ein Christ, bevor du kamst, geworden,
Und mancher denkt gleich mir!"
                                    „So sei willkommen!"
Sprach Ahasver, „und ihr? wer folgt dem Beispiel?"
Da traten rasch bereit die meisten vor,
Doch manche hielten zaudernd sich zurück,
Nur Abiron erhob die Faust und rief:
„Du hast mit glattem Wort uns irr geleitet,
Wer bürgt mir nun, daß dies der rechte Weg?"

Voll Schmerz erwidert Ahasver dem Zweifler:
„Zur Auferstehung vieler ward der Christus
Von alters her bestimmt, zum Falle vieler,
Auch meine Brüder wird sein Name scheiden.
O weh den ewig Blinden, die noch heute
Die Zeichen, die sie sahen, nicht verstehen! —
Ihr aber, Freunde, kommt und folget mir,
Ich will vor die bethörte Masse treten
Als Gottes Herold und sein Frohnebote,
Und schallen soll zum letzten, heißen Kampf
Des starken Engels Ruf: „Wer ist wie Gott?"

Er eilt voran, und viele folgen ihm,
Doch lastet schwer die Furcht auf ihrer Seele.
Schon steht er auf dem Markt.

                       Hier drängten sich,
Von Neugier und von Furcht herbeigelockt,
Ums Blutgerüst die wild erregten Scharen;
Und wie dem weisellosen Bienenschwarm
Die Lust zum Fluge, Ziel und Richtung fehlt,
So löste sich das Volk in viele Gruppen
Und mancherlei Parteiung schreiend auf:
Der sang das Lob Soters aus voller Kehle,
Und jener fluchte des Tyrannen Wuth;
Dem einen schloß die Furcht die Lippen noch,
Der andre sprach sich in den Muth hinein;
Doch durch die Dissonanzen klang als Grundton
Der Laut der Angst, des Herzens banges Pochen.

Da tönt wie Donnerhall des Alten Ruf,
Mit seinen Freunden tritt er vor die Menge,
Die staunend ihn in weitem Kreis umschließt.
„Ihr Männer, Brüder! Ahasver, der Alte,
Der lang Bethörte, steht vor euch und will
Die Binde lösen, die das Aug' euch deckt.
Ich irrte mehr als ihr: mich trieb der Haß
Und dieses finstern Königs Höllenkunst
In einen Pfuhl von Sünden und Verbrechen,
Zum mörderischen Kampf mit meinem Heiland.
Doch als mein Elend übergroß geworden,
Da zog mich Gott empor; nun weiß ich klar,
Daß Christus lebt und Christus siegt und herrscht.
Als sein Apostel tret' ich vor euch hin
Und will den Geist, das Herz vom Wahn befreien,

In den sie des Tyrannen Bosheit schlug,
Des Menschen aller Sünde, wie die Hölle
Seit Anbeginn den zweiten nicht gebar;
Ich will den Nimbus ihm vom Haupte reißen,
Mit dem er heuchlerisch sich lang umgab;
Und wenn ihr ihn dann schaut in seiner Nacktheit
Und euch entsetzt von ihm, der Schlange, wendet,
O fürchtet nicht den gift'gen Feuerathem
Des alten Drachen und der Hölle Wuth,
Sie sind ohnmächtig wider Gott, den Starken!
Wo bleibt sein Werk, des Staubgebornen Trotz,
Der sich vermaß, dem Höchsten gleich zu sein?
In Trümmern liegt der Tempel, den er baute,
In Trümmern seine Burg, ihr Schutt bedeckt
Den Traum des Uebermuths. — O welch ein Gott,
Der mühsam nur dem Todespfeil entrann,
Weil ihn der Herr noch spart zum großen Tag
Des Zorngerichts! Wo blieb die Gotteskraft,
Als Teitan, sein Prophet und Wunderthäter,
Vor meinen Augen in den Pfuhl versank?
Die Männer aber, Gottes heil'ge Zeugen,
Die seine Tücke hier ans Kreuz geschlagen,
Sie lebten auf und stiegen siegverklärt
Zu Gottes Thron empor; das Christenthum,
Der Himmelsbaum, an dessen Wurzeln er
Das Beil gelegt, es steht noch unerschüttert
Und breitet seinen Wipfel auch nach euch:
So höret denn in letzter Stunde noch
Auf meinen Ruf, bekehret euch zum Herrn,

Dem wahren, einen Gott; denn diesen Götzen
Mit seinem Anhang wird die Gluth verzehren!"

Der Alte schwieg. Beifällig Murmeln folgte
Dem ernsten Wort, auch manch ein Zornesruf.
Noch schärfer schieden sich die Gruppen ab;
Es wuchs der Haß, aufreizend tönte hier
Ein schimpflich Wort ans Ohr der Königsfreunde,
Und Fluch und Drohung klang als Echo wieder.

Wie feindlich sich die starken Ringer messen,
Der Muskeln Kraft, der Sehnen Stärke prüfen,
Bevor sie sich in heißem Kampf umfassen,
So wogen die Parteien Muth und Kraft
Der Ihren ab; schon klang das Feldgeschrei:
"Hie Christus! hie Soter!" und näher rückten
Die wild erregten Massen aufeinander,
Des Sturmes Möven flogen hin und her,
Und was zu Händen lag, das ward zur Waffe.

Vergebens wehrt den Kämpfern Ahasver;
Da pflanzt die Kunde sich von Mund zu Munde:
"Der König kommt!" — Und ob des Zauberwortes
Entfacht der Muth der Seinen sich zur Flamme
Und sinkt der Gegner Kraft ins Nichts zurück.
So fühlt der Jäger seinen Arm gelähmt,
Der nach der Adlerbrut im Horste greift,
Wenn plötzlich über ihm, gefährlich nah,
Des alten Adlers Schwingen zornig rauschen.

Von wenig Drusenreitern nur gefolgt,
Betritt Soter den Markt; rasch überfliegt

Sein Adlerblick der Gegner Zahl und Stärke,
Und siegessicher, wie der Bändiger
Im Löwenkäfig die gewalt'gen Katzen,
So hält sein Anblick schon das Volk in Schranken.

Wie naher Donner grollt des Königs Stimme:
„Zu meinem Volke sprech' ich, das, verblendet
Und irrgeführt vom frechen Judenpack,
Die meuterischen Hände wider mich,
Den Herrn und Gott, erhebt. Seid ihr von Sinnen?
Der Erde Fürsten winden sich vor mir,
Im Staube liegt, was Odem hat und Leben,
Die Himmel künden meiner Allmacht Wunder;
Nur du, mein Volk, du wagst leichtsinnig frech
Zu rütteln an den Schranken, die gezogen!"

Da tritt mit festen Schritten Ahasver
Vor den ergrimmten König, dessen Blicke
Wie spitze Messer auf den Kühnen treffen.
„Du staunst den Alten an, den du geblendet
Und als ein nutzlos Werkzeug von dir warfst,
Als er dir länger nicht zu Willen war!
Was du mir angethan — ich rechte nicht,
Mir war's zum Heil. — Der Gott, den du geläftert,
Dem du den Krieg erklärtest, frecher Wurm,
Er gab das Licht der Augen mir zurück.
In seinem Namen tret' ich vor dich hin,
Im Namen Christi, deines Herrn und Richters,
Und sage dir: Er hat dich abgewogen
Und leicht befunden; sieh, die Stunde naht,

Da seines Schwertes Zorn dich fressen wird.
Noch pochst du stolz auf deine Wehr, das Beil,
Noch drückt dein Blutbefehl, der Henker Faust
In aller Welt die widerspänst'gen Nacken;
Noch steht die Beutegier und das Verbrechen,
Noch steht die Hölle selber treu zu dir:
Doch flammt das Kreuz des Herrn am Himmel schon,
Und wenn der Gott, der Rächer, sich erhebt,
Wenn die Posaunen zum Gericht dich laden,
Zerstiebt, wie Sand im Sturme, deine Macht,
Und selig athmet die befreite Welt
Nach langen, schweren Wirren endlich auf;
Von dieser Stätte schwang die Freiheit sich
Auf Sonnenwolken leuchtend in die Höhe,
Dein Werk zerfällt, schon siehst du die Ruinen:
Wo weilt dein Kanzler? — frag da drunten nach!
Wo sind die Leichen deiner Opfer nun,
Die du dem Volke hier zur Schau gestellt?
Wo blieb die Gotteskraft, mit der du prahlst,
Als Burg und Tempel dir in Trümmer fielen?"

Voll Ingrimm steht Sotér; wie Vipernaugen,
So funkelt grell sein Blick in grünem Glanz:
„Das Alter macht dich kindisch, Christenhund!
Du faselst Wundermären, nennst des Himmels,
Des Wahngebildes, Fügung, was in Wahrheit
Die letzten herben Zuckungen nur sind
Der lang entfesselten geheimen Kräfte;
Es war der Hölle Geist — so nennt ihr ihn —,

Der widerspänst'ge Riese der Natur,
Der einmal noch an seinen Banden riß
Und nun gebändigt mir zu Füßen ruht."

„Der Geist der Tiefe thront in d e i n e r Brust,
Ihm frohnst du selbst als deinem Herrn und Gott,
Zu s e i n e m Dienste zwangst du dieses Volk!
Die Macht der Hölle hob dich hoch empor,
Die Lügenkunst des Satans riß uns mit,
Du wirst mit ihm der Lüge Lohn empfangen!"

Da glimmt's dämonisch auf im Aug' Soters,
Und düstre Gluth umfließt den stolzen Mann;
Scheu weicht das Volk; er reckt sich höher auf
Und ballt die Faust und streckt sie drohend aus,
Gewaltsam drängt es sich aus seiner Brust:
„Ja, d e m d a d r o b e n, der verlassen thront,
Verachtet von dem Volke, das er schuf,
Dem künd' ich Haß und Krieg im Namen aller,
Die des Tyrannen Joch nicht tragen wollen,
Im Namen dieser Welt, die mündig ward
Und nicht die Sklavin seiner Launen bleibt;
Ihm biet' ich Trotz und stelle mich, ein Gott,
Dem schwach gewordnen Götzen gegenüber:
M e i n ist die Welt und wird es ewig bleiben!"

„W e r i s t w i e G o t t?" des Alten Stimme gellt,
„Du lüftest deine Maske, frecher Geist,
Und rufst verzweifelnd nun die ganze Hölle
Zum Kampfe wider Gott, den du verläugnest
Und zitternd doch bekennst: e r n i m m t i h n a n,

Es wird in wenig Stunden sich erfüllen
Dein eignes Schicksal und das Los der Deinen!
Dir aber, blindes Volk, das immer noch
Der Lockung des Verführers gläubig folgt,
Dir soll die Ohnmacht seiner Lästerung
In ihrer ganzen Blöße sich enthüllen:
Wohlan, du Wurm, der sich zum Gotte bläht,
Wenn du bereit zum Kampfe mit der Allmacht,
So steig empor wie Christi heil'ge Zeugen,
Erheb zum Himmel dich vor aller Augen
Und nimm Besitz vom Thron, dann will ich selbst,
Dann soll dies Volk die Kniee vor dir beugen!
Doch reicht die That nicht an dein stolzes Wort,
So kriech im Staube wieder, alte Schlange,
Verachtet und verflucht von Gott und Menschen!"

    Sotér erbleicht; vieltausendstimmig schallt
Der Menge Ruf: „Er steig' zum Himmel auf,
Es soll die Gotteskraft sich herrlich zeigen!" —
Da hebt der König stolz das Haupt und spricht:
„Wohlan, die Probe gilt, die du begehrt!
Als Zeugen schar die ganze Welt um dich,
Die Christenhunde wie dein freches Volk;
Vor euern Augen heb' ich mich zum Himmel,
Dann aber komm' ich als ein Richter wieder
Und werde die zerschmettern, die mir trotzten!" —
Der König ruft's. Noch trifft ein Blick des Hasses,
In Gift getaucht, den unerschrocknen Alten,
Dann eilt er höhnisch lächelnd durch die Menge.

❧❧❧

XVI. Das Gericht.

Aus seinem Wellenbade steigt der Morgen,
Und fröstelnd hüllt er in des Nebels weiche,
Leicht wallende Gewänder seinen Leib;
Dann schaut er finster nach der Erde hin
Und auf die Stadt der Sünde, die noch dampft
Vom warmen Blut der Heiligen des Herrn,
Und fester gürtet er die Wetterwolken
Und ihren Zornesblitz um seine Lenden.
Nun fesselt seinen Blick, den schmerzerfüllten,
Ein wunderbares Schauspiel ihm zu Füßen:
Vom tiefsten Grund des Kidronthals hinauf
Durch die Olivenhaine bis zum Rücken
Des heil'gen Oelbergs stehen dichtgedrängt
Die Völkerscharen, unverwandt das Auge,
Das fiebernde, nach e i n e m Punkt gekehrt.

Dort oben auf des Berges höchstem Kamm,
Ein starker Leuchtthurm in des Meeres Brandung,
Da thront Sotér in düstrer Majestät,
Umgeben von den Großen seines Reiches,
In seiner Hand das goldgetriebne Scepter,
Ein dreifach Diadem auf seinem Haupt.
Anbetend wirft der Großvezier sich nieder,
Aus goldnem Becken steigt der Duft des Weihrauchs;

Ein Bannerträger steht zu seiner Linken,
Und lustig flattert in dem Morgenwind
Des Königs Fahne mit dem goldnen Stern.
Fast unabsehbar dehnen sich die Massen,
Die seinen Namen auf der Stirne tragen;
Es blitzt das blanke Schwert in ihrer Hand,
Begierig nach dem Blut der Königsfeinde.

Zu seiner Rechten harrt in Angst und Zweifel
Um Ahasver gedrängt das Judenvolk
Und hoffnungsfroh die kleine Schar der Christen,
Die gläubig schauen auf das schlichte Kreuz,
Das ihres Führers Hand als Banner trägt.

In tiefem, bangem Schweigen harrt die Welt.
Nun ruft mit starker Stimme der Vezier:
„Gepriesen sei der König, unser Gott,
Sein ist die Macht und alle Herrlichkeit,
Und seine Gnade ströme wie der Thau
Belebend auf das Herz der Seinen nieder! —
Dich beten wir, die Staubgebornen, an,
Wir heben staunend unser Aug' empor,
Das du gewürdigt, deiner Gottheit Kraft
In schleierloser Majestät zu schauen.
Als Sieger wirst du glorreich dich erheben,
Als Herr und König Himmels und der Erde
Den Sonnenthron am Firmament besteigen:
Dann wird die Welt demüthig vor dir kriechen
Und des gerechten Zornes heißer Strahl
Die Feinde deines Namens all zerschmettern!"

Da braust wie Donnerhall und Schlachtenfang
Der Ruf aus tausend Kehlen zu Sotér:
„Zu Boden wirf sie, starker Gott, im Grimme,
Die frevelnd wider dich die Hand erheben!"

Hoch aufgerichtet steht der König da,
Die düstre Gluth umfließt den stolzen Leib;
Sein zornig Auge sprühet Feuerflammen,
Wie von des Abgrunds Tiefen schallt sein Ruf:
„Ich bin dein Gott, zum Himmel will ich steigen
Und über Sternen meinen Thron errichten,
Vom morschen Sitz den alten Wahngott schleudern!
Der Himmel soll, die Welt im Staube sich
Vor meinen Augen winden und vergehen;
Dann wehe dem, der mir zu trotzen wagt!"
Der König spricht's, da hüllt der Berg sich ein
In Qualm und Rauch, und in den Wolken zucken,
Wie schnelle Schlangen, Blitze hin und her;
Der Boden bebt, im tiefen Grunde rollt
Der Donnerschlag, und sichtbar hebt Sotér,
In Kraft des Dämons, der sein Herz besitzt,
Vor aller Augen langsam sich zum Himmel.

In athemloser Spannung steht ein jeder
Und lauter, ungestümer pocht das Herz. —
Doch wie Sotér, dem Geist der Tiefe gleich
Von Feuer überfluthet, höher schwebt,
Zerbricht der Bann, der auf der Menge liegt:
Ein tausendstimmiges Triumphgeschrei
Durchbraust die Luft, anbetend werfen sich

Vor ihrem Gott die Massen auf den Boden,
Und immer wieder hallt ihr Siegesruf:
„Gewaltig ist der Herr, der starke Gott!
Wer ist ihm gleich im Himmel und auf Erden?
Die Wetterwolken sind sein stolzer Thron,
Der Blitz sein Scepter und sein Wort der Donner;
Der Erdball zittert, wenn sein König spricht,
Und seiner Gegner Kraft verweht der Wind!"

Des Wunders Anblick lähmt, der Feinde Jubel
Das Judenvolk, sie starren sinnverwirrt
Zum Himmel auf; es schnürt die Furcht die Kehlen
Gleich einer Riesenschlange fest zusammen;
Laut pocht das Herz, und an die Schläfen hämmert
Das heiße Blut; im wilden Wirbel drängt
Sich Bild um Bild vor ihres Geistes Auge;
Kein Lichtgedanke steigt befreiend auf
Aus all dem Wust, in dem die Hoffnung stirbt.

Doch in die Kniee sinkt die Christenschar,
Vertrauend hebt das Auge sich zum Kreuz,
Der Geist in heißem Flehn zu Gott empor.

Da ruft voll Hohn des Königs Großvezier:
„Was zögert ihr, den Ruhm Sotér zu geben?
Schon rührt sein Scheitel an die Wetterwolke,
Bald wird er sie voll Grimm auf euch entladen."

„Gedulde dich," spricht ruhig Ahasver,
„Aus großer Höhe fällt man schnell und tiefer!"

Er schaut zum Himmel, faltet seine Hände,
Wie Moses that am heißen Tag der Schlacht,
Und ruft mit lauter Stimme: „Herr und Gott,
Erhöre mich und all der Deinen Bitte
Und zeige diesem Volke, daß nur du
Der Herrscher bist, der ewig hohe König,
Vor dem des Frevlers Macht in nichts zerschellt!
Erhebe dich und schleudere die Hölle,
Die wider deine Kinder sich verschwor,
Auf ewig nieder in den Feuerpfuhl!"

Der Alte ruft's; da saust es in den Lüften
Wie rascher Flügelschlag von vielen Adlern;
Posaunentöne dringen aus den Wolken,
Wie Donnerrollen schallen starke Stimmen:
„Wer ist wie Gott? Gekommen ist die Stunde
Des Zornes und Gerichts, die Saat ist reif,
Die Sichel rauscht in seiner Hand durchs Korn;
Den Frevler tilgt er mit des Mundes Hauch;
Gleich einem Wurfstein schleudert er die Stadt,
Die mit dem Zorneswein der Buhlerei
Die ganze Welt getränkt, ins tiefe Meer!"

Und andre Stimmen rufen: „Auf, ihr Adler,
Ihr Boten Gottes, sammelt euch zum Mahl
Und zehrt das Fleisch der Könige der Welt,
Das Fleisch der Starken und der Mächtigen,
Die Buhlschaft trieben mit dem Weib der Sünde!
Der starke Gott, er kommt! Wer ist ihm gleich?"

Und sieh, der Wolkenvorhang reißt entzwei,
Der Himmel thut sich auf, der Herr erscheint
Auf weißem Roß, der Fürst der Ewigkeit;
Des Himmels Krone strahlt auf seinem Haupt,
Aus seinen Augen sprühen Sonnenfackeln,
Die Hand ist purpurroth vom Blut der Gegner,
Und auf dem Schilde flammt das rothe Kreuz.

Ihm folgt in weißen, wallenden Gewändern
Ein starkes Heer, die Zeugen seines Namens;
Und wie der Blitz, der aus der Wolke fährt,
In eine Flammengluth den Himmel taucht,
So füllt der Gottheit Sonnenglanz die Welt.

Aufschreit in Angst und Weh die Creatur,
Aufschreit die Hölle selbst im Grimm der Ohnmacht,
Aufschreit Sotér: ihn faßt die Hand des Herrn
Und schmettert ihn zu Boden, und der Berg
Erbebt und spaltet sich, ein Feuerpfuhl
Verschlingt auch ihn wie Teitan, den Propheten,
Und Gottes Engel steigt vom Himmel nieder
Und schließt den Abgrund mit dem Siegel Gottes.

Und wieder bebt die Erde, Stoß auf Stoß:
In Trümmer fällt die Pracht Jerusalems,
Und der Paläste Schönheit liegt im Staub;
Die Riesenschlote stürzen krachend nieder,
Die Kessel bersten, und die Lohe schlägt
Am tiefgesenkten Giebel hoch empor;

In tausend Scherben bricht des Reichthums Pracht,
Im Sande rollt das Gold und fegt sich rein
Vom Menschenschweiß, der zäh an ihm geklebt.

Der Fels erdröhnt und klafft in tausend Spalten;
Der Blitze todbeschwingte Pfeile fahren
Aus schweren Wetterwolken unaufhörlich
Hernieder auf die Massen; jeder dringt,
Ein wohlgezielter Treffer, in das Leben,
Bis all die Macht Sotérs gebrochen liegt
Im wüsten Knäul, des Rächers leichte Beute,
Bis seiner Donner letzter Hall verschlingt
Der Sterbenden Geheul und Todesröcheln. —

Wenn übers Schlachtgefild mit ehernem Tritt
Des Todes bleicher Engel rüstig schreitet
Und seine Hand tief in die Wunden taucht,
Dann dampft der Boden von dem Opferblut,
Und in den Lüften sammelt sich und schwirrt
Das schwarze Heer der Geier, seinen Hunger
Am reichbesetzten Tisch zu sättigen:
So rauscht es nun von raschen Flügelschlägen,
Und tausend Adler setzen sich zum Mahl,
Das Gottes Zorn den gierigen bereitet. —
Im Windeshauch erstirbt der letzte Seufzer.

XVII. Friede.

Wie menschenfern im weiten Ocean
   Ein paradiesisch Eiland aus den Fluthen,
So ragt der Tempelberg aus Schutt und Trümmern;
Auf seiner höchsten Kuppe sproßt das Kreuz,
Der Baum des Lebens, jugendfrisch empor.
Kein Lüftchen regt sich, goldig strahlt die Sonne
Vom wolkenlosen Himmel auf die Höhe;
Des Friedens Engel schweben auf der Lichtbahn,
Auf Jakobs Leiter, segnend auf und nieder.

   Vom Fuß des Berges hebt sich Psalmensang,
Und näher klingt die feierliche Weise.
Schon biegt der Zug der Sänger um den Hügel
Und zieht am Schutt des Tempelbaus vorüber;
Frohlockend wendet sich das Aug' zur Höhe,
Von der das Kreuz zur Tiefe niedergrüßt.
Nun steigen sie hinan.
         In weißen Kleidern,
Mit Palmenzweigen zieht der Juden Schar;
Sie lauschen frohbewegt dem Stufenpsalme,
Der jubelnd von der Knaben Lippen strömt:
„Gepriesen sei der Herr, der aus den Händen
Der blutbefleckten Räuber uns befreit!
Gleich einem Vogel, der dem Netz entrann,

Erhebt sich unsre Seele frei zum Himmel;
Des Feindes Arglist ist zu Schanden worden,
Denn unser starker Helfer war der Herr!"

Froh eilt, geschmückt, der Mädchen lichte Menge,
Mit Purpurrosen ihren Pfad bestreuend,
Auf dem, von frommer Priester Hand getragen,
Des neuen Gottesbundes Lade naht;
Ihr folgt der Papst und tief erregt der Alte;
Laut betend schließt das treue Volk sich an.
Auf vieler Stirnen prangt, vom Feind gezeichnet,
Das blutigrothe Mal, der Stern Soters,
Und ihr Gelenk ist wund vom Eisenbande,
Das sie gefesselt hielt. Nun heben sie
Die freien Hände jubelnd auf zu Gott;
Gleich einem bösen Traum versinkt vor ihnen
Der langen, schweren Prüfung Schmach und Qual.

Sie sind am Ziel, die Bundeslade steht
Als Hochaltar der Erde vor dem Kreuz.
In weitem Kreise lagert sich das Volk.
Umgeben von den Priestern, tritt der Papst
Zum heiligen Altar, des Neuen Bundes
Geheimnißvolles Opfer zu vollziehen.

Und sieh, der Himmel thut sich strahlend auf,
Im siebenfachen Farbenkranz der Iris
Erscheint die volle Herrlichkeit des Herrn;
Der ew'ge Vater thront auf Sternenwolken,
Die Hände tragen seinen Sohn am Kreuz;

Und in der Brust des Eingebornen flammt
Wie tausend Sonnen das Erlöserherz,
Es strömt wie flüssig Gold sein Blut herab,
Hell leuchtend schwebt vom Vater zu dem Sohne
Ihr Heil'ger Geist, die wesensgleiche Liebe.

Anbetend liegt die fromme Schar im Staube.
Nun hebt der Papst zum Segen seine Hand:
„Die Liebe Jesu Christi sei mit euch!"
Er tritt vor Ahasver und schließt den Alten
Mit heiliger Umarmung an sein Herz.
Und Ahasver beginnt — sein Auge wirft,
Ein reiner Spiegel, Gottes Licht zurück —:
„Mich ruft der Herr, er lädt den müden Pilger
Zur langersehnten Rast; ich bin am Ziel
Und lege gern den Wanderstab beiseite.
Ihr aber, Brüder, traget als Apostel
Des Himmelslichtes Fackel in die Welt!
O führt, die noch im Todesschatten wandeln,
Mein Werk vollendend, auf den rechten Pfad!
Nur kurze Frist, — dann rufen die Posaunen
Den Himmel und die Erde vor den Richter,
Und auf den Wolken thront die Majestät
Des einen, heil'gen, allgewalt'gen Gottes!"

Er spricht's und wirft anbetend sich zur Erde;
Das ganze Volk erhebt mit ihm die Stimme,
Und feierlich ertönt der Siegessang:
„Gewaltig bist du! Herr! Die Himmel jauchzen,

Die Erde stammelt des Allmächt'gen Lob;
Es schwingt sich auf der Morgenröthe Flügeln
Mein Geist empor und ruft dir: Dreimal heilig!

Gewaltig bist du, Herr! Es geht das Feuer
Aus deinem Mund und frißt mit heißer Gier
Des alten Drachen Brut; es schleudert mächtig
Dein starker Arm den Frevler in den Abgrund.

Gewaltig bist du, Herr! Die Himmel jauchzen,
Die Erde stammelt des Allmächt'gen Lob;
Es schwingt sich auf der Morgenröthe Flügeln
Mein Geist empor und ruft dir: Dreimal heilig!"

Der Sang verstummt. — Doch lange knien die Beter.
In ihren Herzen hallt das Loblied nach. —
Noch einmal hebt der Papst die Hand zum Segen:
„Jetzt geht mit Gott, der Friede sei mit euch!"
Sie stehen auf. — Nur einer bleibt von allen
Im Staube regungslos, das Haupt gesenkt
Zum Fuß des Kreuzes: Ahasver, der Alte;
Sein Herz ist still, der müde Pilger schläft,
Und sel'ger Friede ruht auf seinem Antlitz.

Bemerkungen.

Die Sage vom „ewigen Juden", über deren Entstehung und Entwicklung man in J. G. Th. Gräffes Büchlein: „Der Tannhäuser und Ewige Jude, zwei deutsche Sagen" (2. Aufl., Dresden, Schönfeld, 1861), Aufschlüsse findet, erscheint hier in ursprünglicher Fassung. Ahasver ist der Vertreter des altgläubigen Judenthums, das seine national-politische Anschauung vom Messias bewahrt hat und darum dem in Jesus Christus erschienenen feindlich gegenübersteht.

Als Typus dieses Volkes kann Ahasver erst dann zur Ruhe kommen, wenn „ganz Israel gerettet wird" (Röm. 11, 26), also am Ende der Zeiten (2 Matt. 2, 7. Thomas, In Apoc.), nach den Tagen des Antichrists, welcher von den Juden, „deren Namen nicht eingeschrieben sind im Lebensbuche des Lammes" (Offb. 13, 8. Joh. 5. 43), als Messias aufgenommen wird.

Es war also die Thätigkeit Ahasvers mit der des Antichrists in organische Verbindung zu bringen; die Erzählung beginnt mit den Ereignissen in den letzten Tagen der antichristlichen Weltherrschaft und endet mit ihrem Sturze. Was die heilige Schrift und die Tradition uns hierüber mittheilen, ist zusammengefaßt in P. Honchedés trefflicher Schrift: „Die Lehre vom Antichrist". Aus dem Französischen nach der 2. Auflage übersetzt von L. A. B. (Innsbruck, F. Rauch, 1878). Wir heben daraus folgende Punkte hervor:

1. Abstammung des Antichrists: Er wird ein wirklicher Mensch, der „Mensch der Sünde" (2 Thess. 2, 3), ein Jude, wahrscheinlich aus dem Stamme Dan und die Frucht eines unerlaubten Umganges sein.

2. Erziehung und Charakter: Er wird in Verborgenheit heranwachsen (Dan. 11, 21), immer tiefer in Laster versinken, bis er vom Satan ganz besessen wird (Ioan. Damasc. 4, 27) und in Schlechtigkeit aufgeht (Cyrill. Hier., Cat. 15). Sein satanischer Hochmuth, seine Wollust und Grausamkeit werden besonders erwähnt (2 Thess. 2, 4. Dan. 11, 57. Offb. 13, 2), ebenso die Geschicklichkeit, sein Thun und seine Absichten zu verbergen (Cyrill. Hier., Cat. 15). Ausgerüstet mit außer-

ordentlichen Talenten und unwiderstehlicher Beredsamkeit (Offb. 13), wird er es „verstehen, sich die Achtung und das Vertrauen der Menschen zu erwerben, indem er große Liebenswürdigkeit und Güte heuchelt" (Cyrill. Hier.). Sein Reichthum (Dan. 11, 43) lockt viele an; die Schein= wunder, welche er mit Hilfe des Satans wirken wird, verführen noch mehr (Marc. 13, 13. 2 Thess. 2, 9 f. Offb. 13, 13 f. Hipp., De cons. mundi); Gewalt vollendet sein Werk (Ioan. Damasc., De orth. fide 3, 24).

3. Seine Herrschaft: Er gibt sich für den Messias der Juden aus und wird von ihnen aufgenommen und unterstützt (Offb. 13, 8. Joh. 5, 43); nach mehrfachen Kämpfen (Dan. 7, 7 f.; 11, 30. Hieron., Iren., Hipp.) erringt er die Weltherrschaft und wählt Jerusalem zu seiner Residenz (Offb. 11, 8). Um seinen Cult zu verbreiten, sendet er seine Agenten in alle Welt; an seiner Seite aber thut sich nament= lich einer dieser falschen Propheten hervor (Offb. 13, 11. Ambros., In Apoc.), der wahrscheinlich aus einem christlichen Bischof zu seinem Apostel wird (Acosta 2, 17).

Eine entsetzliche Verfolgung der christlichen Kirche (Dan. 7, 21 f. Offb. 13, 7 f. Hipp., De Antichr. Gregor., Mor. 32, 12), die durch den großen Abfall geschwächt ist, veranlaßt die Gläubigen, in die Katakomben zurückzukehren; das ewige Opfer hört auf (Dan. 12, 11), und es kommt „eine Zeit des Elends, dergleichen nie gewesen" (Marc. 13, 19). Die Menschen werden gezwungen, das Zeichen des Anti= christs anzunehmen und auf der Stirne zu tragen, und „niemand wird kaufen oder verkaufen können, außer wer das Zeichen hat" (Offb. 13, 16 f.). Aber „die Pforten der Hölle werden die Kirche nicht überwältigen" (Matth. 16, 18): ausgerüstet mit der „Geduld und dem Glauben der Heiligen" (Offb. 14, 12), mit dem Verständniß der „Geheimnisse des Zeitenendes" (Dan. 12, 10), mit dem Heldenmuth der ersten Martyrer (Aug., De civ. 20, 8. Hipp., De cons. mundi), wird die Kirche ein wohlgeordnetes Kriegsheer sein (Hohel. 6, 9), als dessen Führer Henoch und Elias hervorragen (Mal. 4, 5. Eccli. 44, 16; 48, 10. Matth. 17, 11); Henoch „ermahnt die (Heiden=) Völker zur Buße" (Eccli. 44, 16); Elias „stellt Israel wieder her" (Matth. 17, 11). Sie werden Wunder thun (Offb. 11, 5 ff.) und dem Antichrist in seiner Hauptstadt entgegentreten (Offb. 11, 8). Nach 3½ Jahren, der un= gefähren Dauer der antichristlichen Weltherrschaft und ihrer Thätigkeit, „wenn sie ihr Zeugniß vollendet haben, wird das Thier (der Antichrist) sie überwinden und tödten" (Offb. 11, 7); nach der Legende sollen sie den Kreuzestod sterben; „und ihre Leichname werden liegen bleiben auf den Gaſſen der großen Stadt, die geiſtiger Weiſe Sodoma und Aegypten genannt wird, wo auch ihr Herr gekreuzigt worden iſt. Und Leute von den Stämmen und Völkern, Sprachen und Nationen werden ihre Leichname ſehen drei und einen halben Tag, und ſie werden ſie in kein Grab legen laſſen. Und die Bewohner der Erde werden ſich erfreuen über ſie und frohlocken und werden einander Geſchenke ſenden, weil dieſe zwei Propheten die Bewohner der Erde gequält haben" (Offb. 11, 8 f.). — Mit ihren Führern werden auch einige andere hervorragende Kämpfer für die Kirche — nach einer dem hl. Franz von Paula zugeſchriebenen Prophezeiung Männer aus dem neuen Orden der Kreuzritter (Montoya, In chron. ord. Min.) — gemartert und „ins Feuer geworfen, daß ſie zerſchmolzen, geſchieden und gereinigt werden bis zur beſtimmten Zeit" (Dan. 11, 35); die Macht des Antichriſts aber wird ihren Höhepunkt erreichen: er wird ſich nicht nur „erheben und groß thun gegen jeden Gott" (Dan. 11, 36. 2 Theſſ. 2, 4. Offb. 13, 6), ſondern „ſich in den Tempel Gottes ſetzen und für Gott ausgeben" (2 Theſſ. 2, 4), ſein Bild aufſtellen und es „reden machen" (Offb. 13, 15), eine neue Moral der Sinnlichkeit einführen (Suarez und Bellarmin) und ſo den Beifall der ganzen Erde finden (Offb. 13, 4), „bis das Maß des göttlichen Zornes voll iſt" (Dan. 11, 36).

4. Sein Untergang: „Nach drei und einem halben Tage wird der Geiſt des Lebens wieder in die Leichname der beiden Martyrer zurückkehren, ſie werden auf ihren Füßen ſtehen, und diejenigen, welche ſie ſehen, werden gewaltig erſchrecken. Und man wird eine ſtarke Stimme vom Himmel her hören, die zu ihnen ſagt: Steiget herauf! Und ſie werden zum Himmel ſteigen auf einer Wolke vor den Augen ihrer Feinde. Und in derſelben Stunde wird ein großes Erdbeben ſein, infolgedeſſen der zehnte Theil der Stadt einſtürzt und 7000 Menſchen umkommen. Die übrigen werden erſchrecken und dem Gott des Himmels die Ehre geben" (Offb. 11, 11 ff.); das Blut des Elias und Henoch bringt dem Gottloſen den Untergang (Tertull., Do anim.). „Um der Wirkung, welche die Auferſtehung und Himmelfahrt der beiden Martyrer auf die Menſchen ausübte, gleichgewichtig entgegenzuarbeiten, wird der Antichriſt ſeine Abſicht verkünden, auch gen Himmel zu fahren. Er wird inmitten einer großen Volksmenge kommen, um ſein Zelt auf Apadno (nach einigen der Oelberg), dem heiligen und herrlichen Berge, wo Chriſtus ſich zum Himmel erhoben hat, aufzuſchlagen; es wird bis zum Aeußerſten kommen (Dan. 11, 45), und wie Ambroſius, Hieronymus und Thomas angeben, wird er den Verſuch wagen,

als ein zweiter Simon sich in den Himmel zu schwingen. Aber Gott wird ihn ... niederwerfen auf den Felsen (Pf. 35); ‚der Herr Jesus wird ihn tödten mit dem Hauche seines Mundes und vernichten durch den Glanz seiner Ankunft‘ (2 Theff. 2, 8). Die Erde wird sich öffnen, ‚das Thier und der falsche Prophet werden ergriffen und in den Feuerpfuhl ... geworfen werden, und die übrigen (Genossen des Antichrists) werden fallen unter dem Schwerte dessen, der auf dem Pferde sitzt‘ (Offb. 19, 20 f.). So werden auf einmal verschwinden der Glanz, die Macht und das Reich des Antichrists“ (Honchedé). Jerusalem aber, seine Residenz, wird sein Schicksal theilen und zerstört werden, worüber bei den Bösen große Trauer, bei den Guten Freude und Frohlocken herrschen werden (Offb. 18 u. 19).

5. Der Name des Antichrists, welchen die Apokalypse (13, 18) mit der Zahl 666 bezeichnet, ist — nach Professor Bickell — Sotér, ein Wort, das im Hebräischen „den sich Verbergenden“, im Aramäischen den „Zerstörer“, im Griechischen den „Heiland“ bedeutet (vgl. auch Kremenz, Die Offenbarung des hl. Johannes [Freiburg, Herder, 1883] S. 129 f.).

6. Die Bekehrung der Juden: „Zur selben Zeit“, heißt es bei Daniel (12, 1), „wird dein Volk errettet werden.“ Die Schriftstellen finden sich Ofee 3, 4; 5 Mof. 4, 30; Röm. 11, 1 u. 25 ff.; von den Väterstellen kommen besonders die bei Aug., De civ. 10, 39 und Greg.. In I. Reg. 2 u. 20; mor. 23 in Betracht. Nach 2 Makk. 2, 7 f. wird dann auch die von Jeremias — gemäß 2 Makk. 2, 4 f. und 5 Mof. 34, 1 — in einer Höhle auf dem Berge Nebo verborgene Bundeslade wieder zum Vorschein kommen.

7. Zum IV. Gesang, der die sociale Umwälzung der Zukunft und die später wieder eintretende religiöse Lauheit schildert, vgl. Kremenz a. a. O. S. 72 ff. — Zu S. 210, Vers 12 f. v. u. vgl. denselb. S. 168.